KB211025

비 오는 날엔
편지를 쓴다

비 오는 날엔
편지를 쓴다

김순란 시집

좋은땅

시인의 말

텃밭에 앉아 잡초를 뽑는 것으로 하루를 시작하는 게 습관이 되었다. 어린 상추 올라오면 잡초도 같이 돋아나 자리 다툼한다. 우리 사람도 서로의 자리를 확보하려 애쓰는 모습을 생각하며 틈나는 대로 써 두었던 글을 책으로 엮는다. 살아있는 모든 것들이 각각의 역할 속에서 변해가는 모습들을 지켜보는 게 새롭다.

2024년 10월

제주시 아라동에서

차례

2부 노래를 부릅니다

3부 내 고향 태손땅

4부 아프지 않으면 이상한 거야

5부 막걸리 고사

1부

오륜기를 그린다

피똥을 싸는 거라

40년간 서울 살다 귀향 귀농한
과수원 주인이
50년 넘게 자라난 아름드리나무에
전기톱으로 쓱쓱 쩍쩍 큰 가지를 자르는 거라

과일나무 아래에 나뭇잎 떨어지고 그늘진다며
한쪽으로 커다란 나뭇가지들을 베어 버려
담 밖으로 뻗은 가지만 덩그러니 남아
반쪽 나무가 돼 버린 거라

잘라낸 가지에서 밤새도록 수액이 새어 나오는 거라
그날부터 집 잃은 새들이
과수원 밖 이웃집 마당으로 똥을 싸는 거라

듬직하게 우거진 나뭇가지 찾아
애써 이사한 지 얼마 안 됐는데
잃어버린 집 찾아 달라고
반쪽짜리 나무우듬지에서
피똥을 싸는 거라

과수원 담장 밖 이웃집 마당에는

매일 피똥을 쓸어내는 빗자루 마음이 을큰한 거라

달라진 새소리 들으며

을큰한 마음도 쓸어내리는 거라

어느 봄날의 풍경

기침 소리 끝에 가르랑거리는 걸 들었는지 어떤 바람들이 창문 너머로 자꾸 나를 건드린다. 창문 밖을 뱅뱅 돌며 부는 바람결이 차갑지 않게 감겨든다. 곧 고사리 캐려는 새벽 출타를 생각하며 함께하지 못하는 어설픈 환자로선, 그네들의 허리 굽힘을 짐작해 볼 뿐이다.

한라산 자락의 구름을 화폭 삼아 한 줄 한 줄 글을 지어가겠다는 어느 노래 가사처럼, 고사리 꺾어내던 굽은 허리 물리치료실 침상에 드러누워 더운물 찜질 전기 찜질이 고된 노동으로 얻은 주머닛돈을 한 푼 두 푼 앗아내는 것보다, 차라리 산나물 채취 금지로 발을 묶어 놓는 게 나을지도 모르겠다.

하루살이 한달살이 한해살이로 살다 가 버린 빈집, 그 빈자리에 어수선한 기운이 야릇한 냄새로 한동안 머물렀던 자리를 둘러보는 것 같다.

떠나는 것들에 대한 미련은 아쉬움도 느낄 새 없이 다시 찾아드는 하루살이 한달살이 한해살이를 마중하고 있다.

갑자기 기온이 떨어진 아침에 카네이션이 만발하다가 꽃봉오리 꼭꼭 여미고 오므라들어, 날아다니던 벌 나비도 보이지 않는다. 늙은 애완견이 뒤늦은 생리로 배앓이를 심하게 하는지 자꾸만 이불속 따뜻한 바닥으로 배를 깔고 들어가 이불 틈새 사이로 눈만 끔뻑끔뻑하고 있다.

오래된 버릇

태풍 오기 전날
쌈 크게 싸 먹는 버릇 있다
큰 쌈 한입 가득 넣으며
태풍 큰 입 흉내 내는 버릇 있다

여름 텃밭
큰바람 불기 전 잎 솎아내곤
텃밭에 남겨 놓은 어린 상추
지나갈 태풍에
찢어지고 생채기 남을 텃밭 식구들
무사 안녕 비념하는 버릇 있다.

태풍 오기 전날
상추쌈에 매운 고추
짜디짠 자리젓 고명으로 얹어 놓으며
내일모레 지나갈 태풍
올해 가뭄과 더위 몽땅 쌈 싸 먹어 주길 바라는 버릇 있다

태풍 지난 후 찾아올

맑고 푸른 하늘 기다리는

오래된 버릇 있다

물 한 동이

봄바람이 불어오기 전에는 변덕스러운 날씨에 지나지 않겠지만
후드득 떨어지는 꽃잎이 아까워 동박새는 새벽부터 나무에 들었다

종이컵에 따른 뜨거운 차 한 잔은 한겨울 불어대는 북풍이 차갑게 데려가 버리고 대신 촛불 하나 손에 쥐었다
봄바람 때문인지 선고 방망이 때문인지 다가오지 않을 것 같은 선고는 발표되고 지치지 않는 군중들 사이로 무심하게 어둠은 새벽으로 밝아왔다

툭
툭
떨어지는 동백꽃
동박새와 직박구리가 함께하는 동백나무

봄 가뭄 지독한데
어느 착한 마음이
물 한 동이
동백나무 아래 놓아 주었다

문장이 스며든다

밀감나무 위에
각 지은 시 문장이 내려앉는다
조용조용 내리면서
숙성하며 퇴고를 기다리는 문장들은
귤껍질을 노랗게 달구고
시큼한 귤 속으로 들어 단맛을 채운다

밤새 폭삭폭삭 내리는 시 문장에
과수원 주인은 마음을 졸인다
주문받은 귤 상자를 헤아리곤
녹아내리는 시 문장의 안타까움에
저녁 반주로 쓴 소주를 삼키며
고르지 못한 날씨를 한탄한다.

아침에 택배 전표를 부쳐 보낸
귤 상자가 눈보라에 발이 묶여
선착장에 쌓여 있다는 뉴스에 귀 기울이며
자연재해로 배송이 늦어진다는 문자로
눈보라 속에 표류하는 마음을 다독거린다

사라지는 풍경

그 과수원에 연립주택 들어서는 것은
그리 긴 날이 필요하지 않았다
농부는 나무를 베었고 농기계는 폐기 처분했다

베어진 나무들 공사장 모닥불로 한기 달랬고
오십 년 세월 뿌리 깊은 밑동들
포클레인 갈퀴에 찢어지고 뽑혀 나뒹굴었다

뿌리 깊었던 자리
시멘트 반죽 쏟아졌다
농자재 보관하던 과수원 창고
산산이 부서져 흙 깊은 곳 메꾸기까지 아주 짧은 시간

새들은 제 놀던 터 잃어버려 방황하였고
새끼 고양이들 사체로 뒹굴었다

연립주택 들어서는 대가로
농부는 뭉칫돈 쥐었다는 소문 나돌고
그해 경마장 말들이 살 올랐다는 소문도 무성했다

황사 짙은 어느 봄날

낡아빠진 밀짚모자 하나

뿌연 모래바람 속으로 사라져 갔다

농부의 아내

하늘이 낮게 내려앉으면
송이송이 함박눈이
뽀얀 색으로 세상을 곱게 색칠하며
파랗던 하늘 덮으며 함박 무늬로 다가옵니다

지그시 감은 눈 안에선 파랑 노랑 보라 검정들이 두런두런 지나가지만
눈 밖에는 뽀얀 세상이 함박눈을 타고 부드럽게 펼쳐집니다

성긴 구석 하나 남기지 않고
촘촘하게 눈 쌓인 세상을 만들어 갑니다

언 듯 지나치는 텃새들
포근함과는 동떨어지게 저녁거리를 찾아 날갯짓할 것을 걱정한 농부의 아내는 제 먹을 것을 기어이 새들이 머무름 직한 커다란 상록수 밑 경운기 아래에 놓아 줍니다

오래된 육계나무에 둥지 튼 새가 밤새 편안한 잠에 취하기 좋은
바람 한 점 없이 폭삭폭삭 함박눈 내립니다

갓 문단에 등단한 시인은
함박눈의 시심을 받아 눈 시를 지어 보지만
끝내 시 짓기를 그만두고 말았습니다

한때 춥고 배고파서 잠 못 이룬 적이 있다고
끄적거리다 뚝 떨어지는 눈물 한 방울
번지는 얼룩으로 시를 대신합니다

오륜기를 그린다

구불거리는 뱀의 느릿함이 밤을 불러오면
새소리가 아침을 깨우고
태양이 한낮을 달군다

밀감나무에 약을 치지 않기로 했다
농약을 치는 약물 사이로 호흡하는 대신
텅 빈 하늘에 맑은 공기만 마시기로 했다
비가 오면 빗소리를 듣고
바람 불면 바람결에 맡기기로 했다

충과 균이 얼씨구나 좋다 노래하고 춤춘다
흑점 창가 궤양 곰팡이 탄저균
나방 진딧물 노린재 매미 응애 깍지벌레
어디 이것들뿐이랴
땅을 기어다니는 지렁이 도마뱀 노란 뱀 들쥐 밭쥐
나무 사이를 날아다니며 벌레를 잡아먹는
까치 꿩 직박구리 참새 방울새 굴뚝새 동박새

땅에 식솔

하늘에 식솔

나무에 식솔들이 늘어

밀감나무 사이사이로

지렁이 귀뚜라미 땅에서 소리하고

매연 없이 비행하는 날 것들이 위로 아래로

동박새 굴뚝새 방울새 직박구리 고추잠자리

아래로 위로 오륜기를 그린다

밀감나무 사이 날아다니는 호랑나비

아직 덜 익은 열매에 앉아

지난여름 햇살로 삭혀 놓은 단맛을 간 보고 있다

패랭이 너 그럴 줄 알았니

색 바랜 패랭이가 비에 젖고 있어
노랗게 익다 지쳐 버린 귤은 고개 숙이고 말았어
퉁퉁 불은 무
애써 밭에서 거름이 되어 버렸지
누렇게 뜬 농부의 얼굴에 굵은 골이 하나 더 늘었던 거야

거두지 못할 농심들은 눈송이처럼 흩날리곤
딱딱한 아스팔트 위에 스러져 흐물거리다 사라졌어
잔디 위에 내린 눈마저
종족이 다른 아이들 장난으로 뭉개지고 말았어
눈은 하염없이 사라지고 마는 거야

대도시 아파트 부녀회장은
덤으로 받은 과일에 중독되어 배앓이하고
회원들조차 공짜로 부쳐오는 선물에 배가 만삭이 되었데
색 바랜 밀짚모자는 택배비 청구서만 만지작거리고 있어

이제 패랭이 모자는 사라지고 없어

일별

애써 가득 채워 놓은 창고가
어느 날 남김없이 털렸다

태어나면서 일꾼이란 굴레를 벗지 못하고
운명처럼 앵앵거리며 일만 하였다
채워졌을까 싶으면 비어 버리는 저장 공간
기어이 다 채우고 한숨 쉬는 그날
차마 거부할 수 없는 큰 손 있어
텅 빈 가슴 달래야 했다

다시 빈 곳을 채우기에는
계절이 너무 익어 버렸다

돌아온 까마귀 떼

까마귀 떼가 앉았다 간 곳에는
꼭지만 남았어
상인은 한숨만 삼켰어
차라리 마늘밭이나 살걸

그해 가을은 유난히 비가 많았어
과일들은 비를 읽어가다 퉁퉁 불어 버렸어
상인은 퉁퉁 불은 과일에 군살을 빼라고 수확을 미루었어
찬바람을 맞은 과일이 단맛을 더한다는 걸 노트에 쓰고 있었어

그해 이른 봄에 그리 가물더니 산불이 잦았지
산림청 공무원들은 불 잡으러 다니느라 동백 고개를 넘어가곤 했어
동백 고개 동백동산을 보호하기 위해서 장화를 신고 다녔어
동백나무에서 붉은 꽃들이 우수수 떨어지고 있었지

이제 생리대는 필요하지 않아
까마귀 떼는 생리를 하지 않는데
바람이 불었어
곰팡이가 말라 버렸어

바람 탄 까마귀 떼가 마을로 내려왔데

과수원으로 내려앉았어

상인은 이제 과수원을 돌아보지 않아

과일 따는 상자는 엿장수도 가져가지 않아

물고기의 환영이 빼끔거린다

폐수족관에 고추나무가 큰다
투명 유리관 안에 보이는 이끼 사이로
뿌리를 드러내 놓고
고추나무 뿌리가 발을 뻗는다

투명 수족관에서
플라스틱 지지대에 가지를 의지하여
방파제 너머에서 들려오는 물소리 들으며
고추나무가 발을 돋운다

흙은 이끼 안으로 모습을 감추고
고추나무 뿌리를 쓰다듬는다
폐수족관에서
고추나무가 큰다

폐수족관 이끼 속에는
꿈틀거리던 물고기의 환영이 날아오른다
빼끔거리던 주둥이와
말똥말똥 바라보던 눈망울들이

이끼 사이를 비집고

고추나무 줄기를 타서

이파리 사이를 기어 기어

번들거리는 퍼런 고추 끝에서

새 세상을 기대하며

고추의 여행 계절을 기다린다

가을이 왔다

밀짚모자를 벗어 버리듯 더위는 그렇게 물러서고 밤새 가을은 광장에서부터 촛불처럼 왔다.

끈 어깨 옷에서 긴소매 옷을 챙기듯 가을은 내 몸에 터를 잡으려는지 시원하게 다가왔다

텃밭 푸성귀도 더위를 벗어 버리고 싱싱하게 제 살을 키우듯 가을은 고추의 매운 독기에 단맛을 얹어내며 홍조 띤 모습으로 다가왔다. 줄기와 잎 사이에 숨어 더위를 견뎌낸 덩치 큰 호박 덩이에도 가을은 점점 가까이 다가왔다.

새벽 신문을 실은 오토바이 아저씨 미소에 가을이 스며들어 집집이 배달되고 있는 듯 시원한 아침으로 가을이 찾아왔다.

무덥던 여름의 깊이만큼이나 길었던 습한 날이 오래 머물기를 바라진 않았다. 땀으로 쏟아낸 체액을 보충하기에 충분한 가을바람 앞에 마지막 술잔을 기울여야 할 여름의 쓸쓸함이 먼 길을 떠나려 하듯

농부는 그렇게 계절을 보내고 맞이하며 익어가는 세월을 이야기했다.

잡초

해당화 같이 엉겨 붙은 안개인가

눈송이처럼 쌓여 가는 세월인가

검은 빌레 삼키려고 달려드는 파도인가

허전한 잔디 위에 찾아드는 잡초일망정

끈질기게도 엉겨 붙어 싹을 틔우는데

사정없이 뽑아내는 손이 부르튼 아낙이여

먼지보다 먼저 눕고

햇살보다 먼저 일어나는 잡초의 눈칫밥을 아는가

날숨과 들숨 사이

브레이크가 꿈을 깨워 버렸다
길도랑에 무성했던 들국화는 번철 위에서 시들어 갔다
면장갑 실오라기 부여잡으며 뜨거움을 피해 보지만 속수무책이다

봄에 태어난 송아지는 겨울이 다 가기 전에 이승을 하직하고
만리타국 사골 국물로 우러나 식욕을 자극했다
돌아보면 빨갛게 충혈된 눈들이 꿈속으로 빨려 들어가고
접근금지라는 외마디에 통시 아래 똥 돼지는 코를 벌렁거렸다

자동차 브레이크라이닝이 달아 생긴 분진은
와이셔츠 옷깃을 타고 날숨과 들숨 사이에 기침으로 반사했다
꿈이 깨어지기를 두려워하는 이는 첩자를 파견하고
독침으로 제거된 정적을 영원한 꿈속에 가두어 버렸다

촛불이 일렁일 때 태극기는 펄럭거렸고
내리쳐지는 판사의 방망이는 또 다른 폭력을 잉태하였다
향과 맛이 추출되어 종이컵을 통해 목구멍을 적셔 들어갈 때
들국화의 꿈은 왁자지껄한 어두운 동굴 탐사를 즐겼다

새벽닭이 울어대는 소리로 달걀은 스마트폰에 살림을 차렸다

이어폰으로 전해지는 닭 울음소리는 송아지가 되어 꿈을 좇았다

변기에 쏟아져 나온 배설물의 냄새로 꽃차 제조 등급을 갈랐다

환생과 보시

텃밭 300여 평을 가꾸고 닭과 거위를 키우며, 상추 치커리 부추 고추 참깨 감자 호박 수박 파 마늘 딸기 오이를 심어 놓고는, 아침에 바구니를 들고 텃밭으로 장 보러 간다는 친구가 있다.

어느 날 저녁 딸기 포기 사이로 혀를 날름거리는 뱀에 기겁하는 것을 본 그 친구의 남편, 집게로 뱀 대가리를 짓이겨 닭장에 놓아주었더니 닭들이 본숭만숭 먹지를 않아, 뱀 사체에 구더기를 키우고 그 구더기를 닭에게 먹였단다.

구더기를 먹은 닭이 낳은 달걀 밥상 위에 올랐고, 복날에 그 닭마저 잡아먹었단다.

사람이 죽으면 누가 먹을 것인지는 모르겠지만, 십중팔구 구더기가 먹거나 화마가 먹어 버리겠다는 생각이었다가 확 깬다.

이런 날도 있다

산꼭대기에 시원하게 드린 하얀 양떼구름 본 날

며칠간 내린 비가 물러간다는 생각에

고추 대추 들깨 참깨 등

가을걷이 텃밭 풍년을 옥상에 널어 놓던 휴일

영화 하나 보고 났더니

소리 없는 비님이 가을걷이 몽땅 먹어 버린 날

덩달아 영화도 울고 나도 울고 하늘도 울어 버린 날

애써 살아온 것처럼

마른날도 있고

젖은 날도 있으려니 자신을 달래던 날

시커멓게 타들어 가는 속을 게워내며

살았던 날에 대한 회상으로 위로하던 그런 날

누구를 잡고 하소연하고파도 아무 말도 하지 않던 날

배고프나 배고프지 않던 날처럼

눈만 껌뻑껌뻑하던 날

저 꽃잎들을 보게

담 밖으로 가지를 내어놓고
슬금슬금 눈치를 본다

봄날에 해바라기는
놓치면 오그라들고
잘 잡으면 전신이 나른해지며 오장이 따뜻하여
내 안에 있는 움츠러들었던 것이 쭉쭉 기지개를 켜며
밖으로 밖으로 밀어낸다

해바라기 잘한 날은 한 뼘씩 키가 자라고
딱딱하게 굳어있던 꽃망울이 한껏 부풀며
벌 나비에게도 향기를 조금씩 내어 주려 애쓰다가 불쑥
나도 모르게 활짝 꽃이 되기도 한다
이를테면
나도 모르게 꽃술을 오므리고 있었는지도 모른다

해바라기 잘한 날은
따뜻한 물에든 매화 두어 송이처럼
고운 향기 밤새도록 이야기꽃 소곤소곤 피워 놓는다

담 밖으로 내민 가지에서

버글버글 꽃을 피워낸다

밭일이 싫다가도

벌레도 잡아 줘야 하고
순도 골라 줘야 하고
꽃도 따 달라 하고
잡초도 뽑으려니 쉴 틈이 없는 거라
이웃 밭에서는 제초제를 삭삭 뿌리는데
나는 농약을 뿌리고 싶지 않은 거라
기력이 달려 수확까지 지켜보기가 지쳐 갈 즈음
듣기 좋은 소리와 눈에 들어오는 윤진 색깔
그리고 달콤한 향기
알록달록 화려한 꽃과 열매를 만나는 거라

흰 눈 날리던 한겨울 지내고 나면
처마 밑에 제비 집터 잡는 새봄
땅에 온기가 돌기 시작하면
흙 속에서 겨울잠을 잔 녀석들 빼꼼히 고개를 내미는 거라
처음 한두 놈 나올 때는 봄인가 하는데
그러다가 며칠 새에 여기저기 퍽퍽 기지개를 켜며
자리 다투는 잡초들을 보면
이러다 이 땅도 뺏기겠구나 싶어

쪼그려 앉아 큰놈 작은놈 어린놈 이제 갓 싹 틔우는 놈까지
모조리 잡아당겨 밭 구석에 모아 두는 거라

뽑아 모아 놓은 잡초가 말라 흙 되고 거름 될 때쯤
그 자리에 국화 포기를 심어 놓고 순이 올라오길 기다리는 거라
봄 지나 여름 되면 무성해진 풀 뽑기를 그만두고
예초기로 베어내는 아름드리 풀 묶음
여름 내내 베어낸 풀 묶음 국화 포기 사이사이 놓고 삭히는 거라

가을 문턱 귀뚜라미 소리 슬프게 들리는 게
풀의 한을 대신 노래하는 것처럼 들리는 거라
그 소리에 국화 봉오리 점점 커지면서
어느 날 활짝 피어 지나온 계절 위로하는 거라
밭에 쪼그려 앉는다는 게 힘들어도
가만히 앉아 있으면
보고 듣는 게 고요한데
훈훈한 향기 다가와 내 어깨를 토닥토닥하는 거라

곤줄박이 세 마리

함부로 쓰지도 못하는 한자를 그리다가
까마귀 날갯짓에 팝콘 냄비 뚜껑이 날아갔다
박성내 다리에 피어나던 쑥부쟁이는
드럼세탁기 속에서 저녁노을을 찾았다
콘센트 구멍으로 오지 탐험을 떠난 개미들은
지직 지직 즉석구이가 되어 냄새로 돌아왔다
바람은 이불 속에서 사랑을 하더니
신작로에 구실잣밤나무를 파헤쳤다
술안주는 술독에 빠져 헤어나지 못한 채 절벽 아래 꽃으로 피어났다
커피 내리던 아르바이트생은 배낭을 내밀며
은행 창구에 장난감 총구를 들이대기를 거두고
노인회에서 음악회를 한다기에 목욕 봉사 가는 길을 택했다
하늘 오줌 갈려대는 제트기가 다섯 줄 보표 그리는 동안
곤줄박이 세 마리 악보 위에서 춤을 추었다

2부

노래를 부릅니다

비가 그친다

떨어지는 빗방울이 그려내는

물그림자처럼 먹을 간다

서 있는 게

나만이 아니라는 걸

국화 줄기에서 본다

무더기에 밀려나

쓰러져 널브러져도

일어서서 자리 잡으려는 국지에서

나를 본다

화선지에 툭 떨어져 번지는 것처럼

말하지 못한 아쉬운 이야기들을

먹물로 갈아낸다

속에 것 다 게워내곤

식음을 전폐하던

입덧을 품은 딸아이

다음날 간신히 눈 뜨고

엄마를 찾는 모습에서
나를 본다

소리 없는 검은 먹물로
못다 한 이야기들을 화선지에 그려낸다

쌍무지개 배시시 웃는다

섬

어딘지 모른 채 날아다니기를

바람 이는 쪽으로 휘몰긴 하는데

가고 싶은 곳 생소한 곳

체중으로 뿜어내는 열기에 사르르 녹아내리는

먼저 자리 잡은 선배의 다독거림이 큰 힘이 되는

스스로 맨땅에 곤두박질치기도 하는

얼마나 많은 쓰라린 추억을 다져야 하는지도

부드러운 속살을 녹여내고

카랑카랑한 칼날을 세워야 하는지도

정확히 무엇 때문에 구역질이 나는 것인지도 모른 채

입맛이 당기지 않는다는 이유로 시들어 가는

무언가를 삼켜야 하는데도

담백하거나 상큼한 것들을 애써 구해다 밥상 위에 올려놓고

손이 가기를 조바심으로 지켜보지만

이유 모를 곳에서부터 울컥 올라오는 토기는

그저 삼키고 나서 게우는 것이 나을지도 모른다며

애써 한두 수저 어렵게 삼켜보려는 목젖의

쓰라린 노력

어떤 사람을 기다리는 게

입덧 같은 과정을 거쳐야 한다지만

이겨내기엔 너무 어렵다

탄생

흙 반죽을 손으로 문적거리다 평평하게 펴 밀대로 밉니다. 앞으로 밀고 뒤로 밀며 울퉁불퉁한 것들은 고르게 펴냅니다. 물론 밀대 아래에는 두께가 일정한 나무틀을 깔고 있어 진흙은 일정한 두께로 밀려 펴집니다.

지독한 산통 끝에 강보에 싸인 아기는 얼굴을 내밀어 엄마 품을 더듬거립니다. 온전히 감으로 더듬거리다 익숙한 소리를 들었는지 살짝 미소 짓기도 합니다. 태중에서 들었던 쿵쿵 소리가 아득할 것인데도 말입니다.

태어나자마자 눈을 질끈 감고 높은음을 내며 바르르 떠는 건 이승을 살다 가는 사람이 이승을 하직하는 소리라도 대신하는 것처럼, 갓 태어난 아기는 그간의 모든 기억을 잃어버리고 새로운 세상의 만남을 차근차근 기억하기 시작할 것입니다.

흙은 틀 높이만큼 밀면 더는 늘려 펴지지 않습니다.

밀대 아래 일정한 높이의 나무틀이 한계라며 아무리 밀어도 더는 펴지지 않는다는 것을 지적하고 있거든요. 적당한 크기로 밑바닥과 높이를 잘라내어 조심스럽게 붙여 납작한 그릇으로 빚어냅니다.

온전한 그릇이 되기 위해서는 뜨거운 불가마를 거쳐야만 합니다.

아기가 와요

후쿠시아를 3년째 키우고 있어요
열대식물로 더위에 약하고 추위에 힘을 못 써요
조그만 화분으로 만났는데
살기가 좋은지 가지가 쭉쭉 뻗어 나와요
초여름부터 빨간색 귀고리들을 수도 없이 내밀면서
제 방이 좁다고 아우성치는 것 같아
행운목이 머물렀던 키 큰 커다란 화분에
새 흙을 채우고 분갈이 해 주었어요
봄여름
세상모르고 무성하게 가지를 뻗어요
덧 자란 가지 잘라내어 삽목하면 새끼치기해요
겨울에는 추울까 봐 유리창 안으로 들였더니
철도 잊은 채 예쁜 귀고리를 주렁주렁 달고
커다란 방을 가득 채우고 있어요

아기가 와요
발레리나로 키우고 싶은 아기가 와요
빨간 귀고리를 달랑거리며
방싯방싯 헤헤 웃으며

후쿠시아꽃 닮은 아기가 와요

거실, 부엌, 방 모두 불을 켜 두었어요

아기가 어느 방을 좋아할지 몰라서

지붕 아래 있는 방이란 방은 모두 보일러를 켜 두었어요

바깥채에도 따뜻하고 환하게 불을 켜 두었어요

올해부터 명절에는 웃음꽃이 활짝 필 거예요

3대가 함께 모이거든요

예쁜 꼬까 한복 입고 온대요

후쿠시아꽃처럼

방싯방싯 헤헤 웃으며 온대요

빈방을 가득 채워 줄

아기가 와요

생각 차이

산 위에 석상이 세워져 있다.

서 있는 여인상이 두 팔을 벌리고 산 아래 바닷가를 내려다보고 있다. 외딴섬 푸른 숲을 이룬 산꼭대기에는 수염 기른 남자 상이 벌거벗은 채 나무에 기대어 있다. 가부좌를 튼 뚱뚱한 부처상도 있는 산꼭대기로 통하는 오솔길이 선명하다.

언니 어디야
응 파주 헤이리 커피숍
누구랑
서울 사는 초등 친구 오랜만에 만나서 같이 왔어
그래 잘 놀다 와

통화를 하는데, 옆에 있던 딸이
무자식이 상팔자 맞네
왜
이모는 분위기 찾아 찻집 찾는 여유를 부리고
엄마는 종일 손주 보느라 정신없잖아요
나는 손주 보느라 허전하고 쓸쓸한 겨를도 없어야
그나저나 우리 이모 하나 있는 아들, 결혼해야 손주 볼 건데

산꼭대기에는 물가에 있어야 할 배가 올라 산 아래를 내려 보고 있다.

노래를 부릅니다

어머니

저는 지금 자장가를 부릅니다

토닥토닥

온 마음 집중하여 조용조용 소리 합니다

목에서 나오기도 하고요

콧소리로 나오기도 하고요

때론 생각하며 가사를 만들어 가면서 중얼거리기도 합니다

진자리 마른자리를 갈아 뉘시던 어머니 마음으로

손발이 닳지는 않았지만

어린 아기가 잘 커 주기를 바라는 마음으로 손장단 맞추며 자장가를 부릅니다

어릴 적 들었던 음 되새기면서 지금 부지런히 불러 둬야 다시 들을 수 있을 것 같아서 들었음 직한 가사를 끌어다가 덧붙이고 덧붙인 것을 다듬어 가면서 자장가를 부릅니다

바람이 붑니다

한겨울인데도 따뜻한 바람기가 제 얼굴을 쓰다듬고 지나갑니다

갑작스러운 스침에 멈칫하여 바람 향해 중얼거렸지만

포근한 기운이 잠깐의 여유를 남기며 문을 닫고 가 버립니다

바람이 스치고 지난 자리

마치 어머니가 입맞춤하시던 아릿한 기억처럼 뭉클합니다

토닥토닥해 주시던 어머니 손길이 느껴집니다

비가 올 것 같아요

따뜻한 바람 뒤에는 늘 비가 왔듯이 말입니다

자장가 가사도 비가 내리는 이야기로 바꾸어 보겠습니다

태어난다는 것

아이를 품었다는 순간부터 내리사랑이었다

태동을 느끼기 시작하면서 생명의 연줄이 만들어지고 첫울음을 터트리며 세상에 신고하는 소리에 시작된 눈물은 기쁨인지 슬픔인지 앞으로 살아갈 일과 살아내야 할 생각들과 잘 키울 수 있을까 하는 조바심이 가슴 안에서 퉁퉁거림을 느낀다

새근거리는 숨결이 호흡을 정리하고 심장박동이 제법 크게 들린다

한 영혼이 다가와 어머니와 자식의 연을 이은 것은 어느 봄날 갓 피어난 꽃송이다

전생에 무엇을 하다가 이 세상 오셨나
어머니 어머니로부터 이어온 연분
사람이란 생으로 연을 이어가니
그대 사람이여 지극히 평안하고 안온하게 살아가기를 바라는 마음

어머니 마음이다

저 깊은 곳

수박 저 깊은 곳에
붉은 과육 사이로 까만 씨알들이 있어
사과 저 깊은 곳에도 씨방이 자리하고 있어
복숭아 저 깊은 곳에
단단한 뼈다귀 그 속에 유전자를 품고 있는 그것
사람의 몸 저 깊은 곳에
짐작할 수 없는 생각들이란 게

칼로 뚝뚝 쪼개어
서걱서걱 썰어내어
달고 시큼하고 아삭한 맛을 즐기는 이 있어
깊은 것 같지만
깊지 못한 저것들의 침묵

수박 한 덩어리 익기까지 밀짚모자의 정성이 모이고
사과 한 알 영글기까지 뜨거운 계절이 들어있고
단단한 뼈에 숨은 복숭아 유전자에 흘러가는 세상사 짐작하다

낮은 출산율로 사라질 직업군들을 헤아려 본다

쌤통이죠

고사리 장마가 지나는 봄날이었지요
스치기만 해도 생채기가 날 것 같은 잎사귀들이 돋아나고 있었어요
송홧가루가 날리는 숲길을
배낭을 둘러멘 남자가 걷고 있었어요

고사리는 돋아나고 있었어요
굽은 등을 펴면서 세상 밖으로 나오고 있었어요
검은 솜털을 털어내며
가시덤불 속에서 쑥쑥 고개를 내밀고 있었어요
그런데요
에구머니나
배낭을 둘러멘 남자의 등산화를 신은 억센 발이
등 굽은 고사리를 꾹 밟고 지나가 버렸어요
고사리는 자빠지면서 금방 잠에서 깬 뱀을 건드렸데요
뱀이 놀라서 제비꽃 쪽으로 줄행랑을 쳤어요

배낭을 둘러멘 남자가 제비꽃에 사진기를 들이대다가

제비꽃 사이로 날름거리는 뱀의 혀에 놀라 벌러덩

자빠졌대요 고사리처럼요

쌤통이죠

비가 내려요

고사리 장마가 길어지나 봐요

미완의 멋

마음을 가다듬는다 하여
화룡점정으로 화선지를 노려보는데
이미 감정은 먼 데를 생각하고
코는 먹 향에 취하고 있다

가을바람 불어와 입을 가린 것인지
사람들은 말없이 어디를 저리 바삐 가는 걸까
두충 나뭇잎은 가을옷도 입지 않은 채
바람 타고 떨어지다 날아가 버린다

간절기엔 얄브스름한 스웨터 하나는 챙기라는
어머님의 잔소리가 귓전에 머문다

완전한 결과는 이미 죽은 것이라며
사는 것은 늘 미완성이라야 한다는데
벼루에 출렁이던 먹물들이
묵직한 느낌으로 다가올 때쯤
오른팔이 뻐근해진다

향기 외면하는 감정

꽃이 피었다고 곱다거나 향기가 좋다고 이야기하면 곤란합니다. 혼기 찬 젊은이를 키운 부모들이 짝 찾기를 거부한 딸 아들들에게 곱다거나 멋지다거나 함부로 말했다가, 자녀들에게 관심 끄라는 타박을 받기 일쑤입니다. 그래도 더 늦기 전에 짝 채워 좋은 날 잡아 혼사를 치러야 한시름 놓겠기에 어디, 어느 곳, 누구를 만나더라도 '딸 팔아 줘라, 아들 팔아 줘라.'고 말했다가 봉변을 당했습니다.

'사람이 물건이야. 팔게.'

'물건만 파는 게 아니야. 사람도 팔고 새끼도 팔아야지. 그래서 광고가 있고 카피가 있는 거야.'라고 주고받는 얘기를 들으며 씁쓸했었던 적이 있는데요.

젊은것도 한때, 금세 늙어간다는 것을 알지만 곱다거나 좋은 때라고 얘기하면 곤란할 때가 있습니다.

요즘 사람들에겐 향기가 없다고 말하면 인권 모독이라고 고소당할 수도 있다는 걸 알고 나서는 입을 닫아 버렸습니다.

무엇이 잉여인가

어린것들이 자라 꽃피고 열매 맺는 것을 배워가는 자연학교에서 블랙리스트 목록이 무엇인지 궁금하다는 댓글 달다가 뜬금없이 계약직 수당이 정규직 수당보다 많다는 게시글을 보고 이력서 들고튀었다는 취준생.

저출산 장려금이 취준생에게는 먼 나라 이야기처럼 들렸다.

남아도는 인력을 잉여 인간으로 명명하는 어느 사회학자는 한 번씩 전쟁으로 솎아내기도 한다는 역사를 들추며, 신을 가장한 종교전쟁이야말로 확실한 솎아내기였다는 말에, 무성한 가지 쳐낸 나무에 실하게 익어가는 대추를 바라보았다.

비 그친 다음 날의 햇살은 따가움이 곱절인데
무료한 시간을 걷어내는
새들의 날갯짓이 시원스럽다.

꽃자리 좀 봐

나뭇가지에 핀 꽃
딱딱한 바닥으로 내려와
푹신한 꽃자리 만드는 것 좀 봐

바람에 날리어
이리저리 밀려나더라도
한때 화려한 꿈 꾸었다 으스대는 것 좀 봐

억센 빗자루 쓸림이
바닥에 내려앉음을 용납하지 않더라도
찬바람 휭휭할 때 따스한 봄날을 기다리며
해바라기했던 시절도 있었다고 뽐내는 것 좀 봐

곱고 화사한 꽃으로 피어나
짓궂은 바람에 시달리더라도
허공중에 날아다니는 바람과 맞서 춤추는 것 좀 봐

새록새록 고개 내미는 연초록 나뭇잎 사이로
꽃 진 자리 아기 버찌 반짝거리는 것 좀 봐

마음을 붓는다

마을 비석이 서 있는 자리
이정표에 이목 집중하라고
실국화 실한 가지 다듬어 심어 놓았는데
비가 내리지 않는다

잡초 무성하게 올라오는 것을
인정사정없이 뽑아 두고
밑거름도 없이 흙을 다지곤
둘레에 돌멩이 몇 개로 경계 둘러
하루 이틀 하늘 눈치 보다
매일 저녁
삼다수 플라스틱 물병에 수돗물 담아
쪼그려 앉아 물 붓는다

실국화 서너 포기 뿌리 뻗어내라고
주문하며 물 붓는다

출가한 딸 생각하며

아이들 잘 키우고

자리 굳건히 다져

탄탄한 살림 이루길 주문하며 물 붓는다

딸에게 쓰는 편지

너를 낳고 어떤 희망을 품었다

그 희망에는 기쁨이 있다

기쁨 속엔 사는 재미가 있다

어미는 기쁨을 만들어 내고 그 기쁨은 너의 꿈으로 자라나기 시작하였다

너의 꿈속에는 무엇이 있는지 궁금하기도 했었지만

네가 성장하면서 꿈도 함께 변한다는 것을 알기에 확인하려 들지 않았다

너를 낳은 산통이 무척이나 힘들었다는 걸 기억한다.

그 산통만큼이나

네 삶을 멋지게 만들어 나가길 바라는 게 어미의 마음이다

하나 더 희망한다면

네가 너를 꼭 닮은 아기를 출산하는 날

네게 미역국을 끓여 주고 싶다는 것

이게 사는 즐거움이고 기쁨이고 보람이다

너를 생각하며 행복한 희망을 품는다

김치 같은 인생

고춧가루 빌딩 숲속에

배추 아가씨 들어섰다

두근거리는 마음 진정시키는데

상큼한 향기 풍기는 생강 총각이 반긴다

중매쟁이 소금 아줌마 짧은 소개로

어색한 탐색전 한시름 놓고 나니

걸쭉한 새우젓 아저씨 덕담 한마디

'인생 별거 있는가!

어울려 살다 보면 푹 익게 되는 것이여.'

딴전의 골수

딴에는 요리한다고 앞치마
딴에는 청소를 한다고 물걸레
잘한다는 칭찬 한마디에 딴전을 피우는 수줍음
깜빡거리는 눈꺼풀 사이에 숨기는 눈물
우물거리는 입술 틈으로 기웃거리는 마음
딴전 감추는 표정의 콧구멍

양념의 깊이를 낚으려는 서투름
혓바닥으로 두드려 보고
눈으로 해부하고
냄새로 추리하고
소리로 맛을 보고
손가락 끝으로 갈무리하는 요리의 넓이

검지에 사정없이 쓸리는 정갈함은
외할머니 부뚜막에서 훔쳐 오고
어머니의 반질거리는 장독대에서 물려와
반질거리는 신발장에서 피어나고
딸아이 필통에서 싹을 틔우고

딴전을 피우며 외가 전통으로 잡는 자리

초승달이 노크하는 눈썹

새소리가 걸어내는 어둠

꽉 찬 일정이 대기 중인 스마트폰

된장찌개에서 건져내는 바다 내음

원양어선을 타고 떠난 남자가 스크린으로 돌아오면

전원 아웃

봄 몸살

동백꽃 지면

소나무를 물끄러미 바라보는 습관이 있다

봄비 내리던 날

핏덩이를 소나무 아래에다 묻었다

내 속에 것 묻고 온 날

송홧가루 하늘을 가렸다

퉁퉁 불은 젖몸살을 달래려다

눈치 없이 쏟아지는 눈물만 훔쳤다

그날 소나무 숲에 봄비 내려

누런 초유 소나무 숲 쪽으로 흘렀다

송홧가루 날리면

빨래 삶기를 반복하는 습관이 생겼다

먹음이 엄숙하다

식기가 어지럽다
설거지통에 쌓여 있는 그릇들
세제를 수세미에 적셔 빡빡 닦아 주면
윤이 반들거리는 그릇이겠는데
비죽비죽 입을 씰룩이며 눈치만 보고 있다

아이를 키우는 어머니 아버지가 되어
요리책을 뒤적이고
계량컵을 만지작거리며
식품코너의 식재료들을 살피는
요리 첫 시도는
생후 6개월 아기의 이유식에서 시작된다

먹음 앞에서 경건하다
한입 두입 받아먹는 아기의 입놀림에서
함부로 짜고 매운맛을 말하지 못한다
조심조심 조그만 입으로 떠먹이는
젊은 부모의 숟가락에서 엄숙한 먹음을 본다

3부

내 고향 태손땅

진꿋내 숨비소리

성창골 신당 답사를 갔다. 함께 간 신당 해설사는 당에 연루된 신화를 이야기했다. 여기는 일뤠당으로 초일뤠 열일뤠 스무일뤠에 단골들이 정성드리러 온다 하고, 조금 아래쪽에는 여드렛당도 있다고 한다. 하지만 나는 해설사의 이야기를 반만 알아듣고 나머지는 흘리고 있었다. 당 주변을 덮고 있는 울창한 당목 사이로 시원하게 보이는 풍경과 간간이 들려오는 소리 때문이었다. 성창골 당목 사이로 보이는 파란 하늘이 눈부시기도 했지만, 바닷가 쪽에서 들리는 파도 부서지는 소리에 당 할망이 물에 들어 전복 소라를 캐는 숨 비우는 소리도 들렸기 때문이다. 그리고 성창골 우거진 나무 사이로 흐르는 맑은 물소리는 당 하르방이 당 할망 숨비소리에 대답하는 것처럼 들렸다. 집중하지 못하는 것을 알았는지 해설사는 당을 나와 해안가가 보이는 탁 트인 동산으로 우리를 인도하여 진꿋내를 내려다보게 하고서는, 계곡물이 흐르는 골짜기를 넘어 바닷가 작지왓으로 데리고 갔다. 양옆에 세워진 기정과 기정 사이 우뚝 선 바윗돌에 이름을 지으라기에 나는 물에든 할망 마중 나온 하르방 바위라 명명했다.

진꿋내 갯가를 한 바퀴 둘러보고 밖으로 나와 길 건너 약천사로 향했다. 절간 집 처마 끝 풍경 소리 운율에 따라 직박구리 한 쌍이 머리깃을 세우고 제젝 제젝 지저귀며 하트 모양의 원을 그리듯 날아든다. 마치 성창골 신당 할망 하르방이 우리를 따라 바닷가에서 약천사 쪽으로 날아온 듯하다.

한라산의 노을

한동안 이곳에 남아 있어야 했습니다
아직 당신의 붉은 미소를 좋아하기에

꼭 이곳에만 당신이 있는 것은 아니지만
이곳에서 당신을 만난다는 것은 특별할 것 같아서 말입니다
이곳 서녘 하늘 붉은 미소로 다가오는 당신은
수고롭게 오늘을 살아온 이들에게
편안한 안식을 가져다주기 때문입니다
당신이 펼쳐 놓은 비단 금침으로 새날을 맞이한다는 게 이곳에 있어야 할 이유입니다

당신의 불그레한 미소 때문에
이제 이곳 터줏대감이 되어 갑니다

표선 갯빌레

잔잔하던 상념
수평선과 지평선을 시침하려는데
먼 데서 들려오는 함성
땀구멍 같은 모공이 뻥뻥 뚫린다

부글부글 끓어오르는 거품
안으로 삭여내어
얼음장 같은 한으로 굳어져 가는 바윗덩어리 같은 무게

휘몰아치는 바람은
결국 성난 바다를 건드려
거친 파도를 불러다
차마 식지 못한 거품 위로 쏟아져 내렸다

표선리 바닷가에는
파도 화석이 바늘 되어 바람을 꿰 허공을 재봉하고 있다

바다가 코를 곤다

민낯으로 출렁거리는 바다 위로
민낯의 잡생각들 무겁게 내리고
유리창에 기대어 졸고 있는데
문득 찾아든 너의 방문
잊어버렸던 기억을 데리고 왔다

악다구니를 속으로 쑤셔 넣었던 그 시절
너는 내 안에 있지도 않았는데
어느 때부턴가 슬금슬금
상대의 눈을 통해 다가오던
내치고 떨치고 미쳐 버리려고 애쓰던 시절이 첩첩이 쌓였다

모든 것을 삼켜 버린 어느 날
나를 버리고 너를 택하게 될 수밖에 없었던
내게서는 존재할 수 없는 나
외계의 세계를 꿈꾸며
생각할 수 없는 것들이 겹쳐
미쳐 버리는 줄 알면서
이를 바드득 바드득 갈고도

내치지 못하는 세상

손가락 여덟 개는 등을 받치고

엄지손가락 두 개만 너의 배꼽을 만지작거리어

내면을 힐끔거리고 있다

이러다 잠잠해지겠지만

움직거리지 않으면 사라져 버릴 생각들이라는 걸 알기에

세상을 덮어 버린 눈처럼 하얗게 덧칠하고 있다

물이 차갑다

1급수를 원하는 나는 늘 목이 마르다.

물기 머금은 대지에 새싹 움트는 겨울 끝자락
동료 서넛과 오름을 오른다.

도롱뇽알 대여섯 덩어리 봄을 재촉하는
굴메오름 들머리에 흐르는 영구물
서넛이 물맛을 보며 달다 차다 하고
멀찌감치 떨어진 채
물의 파동에서
소리와 색으로 입맛만 다신다.

콩짜개 덩굴이 소나무 껍질을 잡고
초록을 키우는데
앞서거니 뒤서거니 비탈을 오르며
앞서가던 일행이
쉼 의자에서 심호흡을 고르곤
걸친 옷을 벗어 땀 식히는 모습이 제각각이다.

목마름이 1급수 맛을 아쉬워하는데

굴메오름에 자리를 튼 전설이

내 어깨를 토닥거린다.

기록의 뒤안길

왕후의 초상화를 보라
함께하는 여자끼리 공감하는
여자의 미소를 보라
수없이 바느질로 이어진 입술과 그 눈썹
아픔을 삭이는 애절한 모습

왕후의 여름 별장에 진열된
자수로 남겨진 흉수

눈썹은 짙고 가늘지만
어딘지 모르게 둔탁한 것은
어느 수쟁이의 흉계일지도 모른다
간신히 자리 잡은 발그레한 볼살의 온기는
바늘 끝 자수 실의 장난일지도 모른다

무너져 내리는 것은 그 왕조뿐만 아니라
현재 살아남아 관광지화되어 가는
승자의 역사도 함께라는 것

수만 수천 번 바느질에 남은 흉수

그 시대 왕조의 아픔일 뿐

헤아릴 수 없는 바늘 끝 상처를

말없이 삭이고 있는

왕후의 초상화를 보라

고향을 찾아 줘

고향을 품고 서성이다
꽉 잡지 못해
잃어버렸다
네 고향이 어디니? 물어와
당근 마켓에 고향 찾는 광고를 냈더니
고향의 댓글이 수도 없이 달렸다

태어나 세 살까지 살았던 곳이 먼저 손 내미는데
기억에 없는 곳이다
4년간 학교에 다니다 전학해 버린 곳
가물가물하기는 마찬가지
초경을 하고 어른이 된 곳
고향이라 할 수 있나!
결혼하여 독립한 곳
고향인가!
아이 낳고 키우고 떠나보내고 지금 사는 곳
고향이라기에는 너무 낯설다

고향 탐방 프로그램에 함께한 어르신

공단이 들어서는 바람에

고향이 없는 실향민이라며

눈길은 고향 쪽 하늘을 향하고 있다

공중에 있습니다

역마살이 있었습니다
열한 번째 공중에 매달릴 때는
그래도 신났습니다

스물한 번째는 싫증이 나더니
쉰아홉 번째 공중에 매달려 있다는 건
너무 잦다 생각 들었습니다

그래서 공중에 둥지 틀었습니다
쌀쌀한 기운 돌면 문 닫고
어둡다 싶으면 전등불 켜 두었습니다
그러다
그러다
눈물샘 메말라가고
책장에 까만 글 보는 게 힘들었습니다

오고 가는 사람들 힐끗 쳐다보다 말지만
나는 그들 사라질 때까지
지켜보고 있었습니다

몇 년 전 먼지가
나를 에워싸기 시작하였는데,
코로나19가 창문 내리고
가게 문 닫아 버렸다가
요즘 들어 가끔
파란 하늘 보이기 시작합니다

그들은 떠들썩하게 왔다가
그냥 안녕이란 말도 없이
자기들끼리 낄낄거리며 떠나갑니다

이제
예순세 번째
공중에 매달리기 하고 있습니다.
지겹다 생각도 들 만한데 늘 새롭습니다

언니는
예순다섯 번째 공중 날기 하더니
눈 아래 별들이 반짝인다고 하였습니다

나는 언니 등 쓸고

언니는 내 마음 토닥였습니다

드러눕는 겨울

철조망 아래 흩어진 흔적은 어떤 아픔을 낳고 달랬는지는 기록된 것이 없다. 얼마나 그곳에서 머물렀는지도 모른다. 단지 눈 위에 흩어진 발자국과 몇몇 붉은 선혈들이 낭자할 뿐이다.

상어 꼬리에 칭칭 감긴 폐그물의 범인은 인간들이라고 말하기에는 무책임하다. 깊은 물살을 헤엄치며 나아가는 꼬리의 힘들이 얼마큼 지구를 두드려 패대기쳤으면 권투선수가 끼는 복싱 장갑처럼 두툼해졌겠는가.

휑휑 바람 소리는 한겨울 눈발과 함께 창문을 두드리다 빈집인 줄 알고는, 창문을 열고 들어와 씽씽 대청소를 시작하는가 싶더니 조용히 자리를 잡고 드러눕는다.

봄이다.

바람이 불었어

용진각에서 부는 바람은 가을을 데리고 왔어
그냥 부는 바람이 아니라
바람을 만들고 있었던 거야
산행을 나선 친구
용진각 대피소를 찾았는데
그 대피소가 보이지 않았어
굴뚝이 있고
실내에는 계단을 이용한 다락방도 있었는데
그리고 중앙 홀에서는 모닥불도 피우곤 했었는데
용진각 대피소가 보이지 않아
적설기 베이스캠프라고 쓴 안내판이 대피소가 있었던 자리를 지키고 있어
그렇군
어느 해 태풍 폭우로 떠내려갔다는군
대피소가 계곡에 있었다는 게 신기하긴 했어
돌과 시멘트로 단단하게 지은 대피소였는데
계곡은 아무리 단단해도 용서하지 않았어
30년간 버틴 게 신기하지
태풍에게 물어봐

폭풍우에게 물어봐

쏟아져 내리는 물보라에게 물어봐

불의에 타협하지 않고

버틸 만큼 버티고

견딜 만큼 견디다

때가 되면 가는 게 운명이라는 건지도 몰라

한라산 용진각에 계곡을 건너는 출렁다리가 놓였어

돌아와서 보면

바람 좋은 날

물이 흐르지 않은 계곡

큰 돌 위에 앉아

나뭇잎 사이에서 들리는

새소리에 집중합니다

나뭇잎 사이로

흰 구름이 둥실 떠가고

구름 속에서 물고기와 코끼리도 본 듯한데

새소리마저 맑고 곱게 들려옵니다

문득 새를 잡아 집에 데리고 가

함께 살면서 먹이도 주며 새끼도 치게 하고

더 맑고 고운 소리를 늘 듣고 싶었습니다

막상 집에 돌아와 보니

집 마당에 있는 동백나무 가지에

꼭꼭 숨긴 새집을 보았습니다

커다란 계수나무에도

직박구리 가족이 살고 있었습니다

그렇군요

멀리 있는 것을 탐하기보다

가까이 있는 것들을 사랑해야겠다는 걸

여행 끝에

현재의 소중함을 알게 되는군요

풍설 제주

그래서
우리는 기상악화를 즐기기로 했어
설 연휴가 잘 보내고도
출근하지 못한 것은
연차휴가에 상계해 달라는 문자 전송으로 대신하고선
미안하면서도 기분이 좋아지는 거 있지

눈보라 속을 즐기기로 했어
제주에서 눈보라는 흔치 않은 일이래
태백산 눈보라보다
소백산 능선 칼바람보다 더
매콤한 게 제주 눈보라라는데
오죽하면 분 단위로 이착륙하던
모든 비행기가 발이 묶이겠느냐고!

바람이 몰아치는 바닷가는 여름에도 있지만
눈바람 휘몰아치는 풍경은
겨울 한때야
바다를 품은 제주

따뜻하고 촉촉한 제주에서
이런 풍경은 행운이랄 수도 있어

눈보라 기상예보가 있을 때
제주 여행을 하는 거야
몰아치는 눈발을 헤치면서
두 발의 속도로 걸어 보는 거야

태풍

그들 나라에선 일렁이는 게 일상인지라
슬쩍 스치기만 해도 철썩 반응하는 백성들이 있어
광장에는 휑한 것 같으면서 빽빽이 들어찬 군중
그들의 아우성을 하모니 삼아
지휘봉을 들고 사분의 삼박자로 허공을 그어 올리고 내리기를 반복하다
갑자기 나타난 세찬 물대포 뒤집어쓰곤 독기를 잔뜩 품은 채 달리고 달려
이 골목 저 골목 휩쓸어
뒤쪽에선 각진 몽둥이들이 퍽퍽 날아들고
언제 어떻게 어디로 사라졌는지
주변에 응원하던 구경꾼들 보이지 않아
굳게 닫힌 상가 셔터
헐떡이는 숨소리만으로
도망자와 추적자를 가려내어 집어삼키는

누구냐
다연발 권총을 조준하는 너는

만파식적

바람이 온다
봄소식 품에 안고
바람이 성큼성큼 온다
모래언덕을 넘어
피리 불며 이 땅으로 돌아온다
모래언덕 사이로
피리 소리가 바람을 데리고 온다

피비린내 나는 사막을 넘어
이란과 이스라엘 국경을 넘나들며
바람이 피리가 되고
피리가 바람이 되고 전쟁의 불귀 영혼 달래 주고
총칼을 겨누는 사자의 심금을 울려 주고
바람이 피리를 불며 온다

만만파파식적
만파식적 돌아오는 날
남북 철길 뚫리는 날
금강산 묘향산 칠보산 넘어
피리 소리 함께 백두산 천지에 오를 날 기다린다

야간 비행

보이는 거라곤 화장실 표지 빨간 불

파란불을 켜기 위한 비행이 계속되고 있다

사람들은 쭈그린 자세로 태내의 본모습을 만들어 흔들리는 자궁 속 같은 잠을 청해 보지만

안전띠 착용과 해제 표시가 반복되며 신호를 보낼 때 태중 아기들은 고분고분하다가도 벌떡 일어나 쭈그린 무릎관절을 펴며 발길질을 해 본다

사하라 사막의 하늘거리는 빨간 치마는 비칠 듯한 얇은 사리를 두른 것이었고 통통한 중년 부인이 둘러친 사리 위에 걸친 두툼한 오리털 파카가 따스한 햇볕을 찾아다녔다

콧김이 허옇게 흩어지니 군밤 장수 연통에서도 허연 연기가 흩어졌다가 내부의 열을 모아 밤을 구워내고 체온으로 빨간 치마를 휘몰아 잡듯 산사태는 지진을 불어왔고 지진은 사람들을 묻어 버렸다

샛별을 겨냥한 하얀 구름 줄기 길게 이어진다

돼지 꼬리

부싯돌이 부딪쳤던 먼 옛날부터
술동이는 가득 넘쳐 찰랑거렸고
술지게미 먹은 돼지
꿀꿀대며 흘리는 침
주둥이로 넘쳤어

흘리는 침 막는다는 돼지 꼬리
동네 아낙들 핏발 선 눈치 사이로
잽싼 누렁이 물고 달아났다가
영영 다시 돌아오지 못했어

유기견으로 접수된 것들
버려진 것으로 스스로 인정한다는 억지 판정
안락사인지 타살인지 모호한 기준으로 사라졌어

세상에 애완동물 키우는 자
책임지지 못할 놈에 애완
지워라, 애완이란 문자!

수정사 터

콘크리트 반죽에 묻혀
아스팔트 바닥 아래 오그라들었다
천 년 전 고승들의 불공 냄새보다
원나라 무역 상인 왁자지껄 쉬어갔을 그곳

제주시 외도동
도근천 월대에 다다르면
흰 바닷새 길게 목 내어
길가는 나그네 눈길 당기고 있다
콘크리트와 아스콘 반죽에 묻힌
수정사 영혼들이 보낸 바닷새인 듯

십자가 탑 하늘 받친 끄트머리
월대에 걸린 빛 잃은 조각달
이 잡는 노승 비켜 앉아
도근천 흘러가는 낙엽
수정사 염주 알로 바라본다

교회당 십자가

월대에 걸린 조각달 따내려고

허공 휘휘 그물질해 보지만

이 잡는 노승 눈썹만 꿈틀거릴 뿐

자리돔의 유혹

가파도 해안에 파도가 출렁인다는 것은
아직 갯무꽃이 여물고 있기 때문일 것입니다
갯방풍이 어린 새싹들을 피우기 전까지는 영등할망 눈치를 보아야 하기 때문일 것입니다
바다 건너
모슬봉, 송악산, 단산, 산방산을 넘어 한라산 용진각에 아직 녹지 않은 눈이 남아 있기 때문일 것입니다

흐드러진 벚꽃 소식에
따뜻한 유채꽃 소식에
가파도에 갯무꽃이 피어납니다
돌담에 의지한 믿볼레 나무 열매가 벌겋게 익어갑니다
철모르는 자리돔이 가파도 하동 항에 찾아드는 날
가파도를 찾은 사람

바다에 취하고
갯무꽃에 취하고
청보리에 취하다 보니
철없는 자리돔이 헤엄치며 지느러미를 까딱까딱해 보지만

함부로 동요되지 못하고

제 타고 온 여객선 아가리 속으로 들어갈 뿐입니다

지금은 산행

다음에는 맞은편 산을 올라 봐야겠어

이쪽에서 바라보는 풍경에
붉은 소나무 숲이 예사롭지가 않아
그곳에 가면 하얀 학 무리가 나를 기다리고 있을 것 같아

학 한 마리 데려다가
따뜻한 물에 목욕해 주고
헤어드라이기를 약한 바람으로 놓아
새하얀 털을 말려 주면
하얀 드레스를 입혀 달라고 조를 것 같아

창밖에는 새하얀 눈이 내리고 있어
붉은 소나무 카페에서 카페라테를 주문해 놓고
숲속에 학들이 들어와 있는 단톡에
카페 풍경 사진을 보내 주었어
친구는 잘 있단다

다음에는 저 산으로

돌아간다는 것

무엇에 끌려

나왔을까

마당에 지렁이 한 마리

잔디 위에

제 몸 드러내 놓은 사이

한낮의 태양 빛에 말라 버린 걸 애처로워하는데

촐랑대던 강아지

날름 물어다 질겅질겅 씹어 삼키곤

입맛 다신다

동백나무 집

부스럭거리는 소리에

나무 위를 내다봤더니

윤기 흐르는 푸른 잎 사이로

빨간잎 노란 꽃술이 화들짝 놀라며

선홍빛 꽃을 떨어뜨린다

무엇이

누가

꽃을 탐하는지

천천히 자세히

보았더니

동백나무 잎처럼 생긴

뾰족한 주둥이에 초록 동박새

촘촘하게 얽어진

꽃과 이파리 사이를 오가며 노란 꽃술 사이를 헤집고 있다

째잭 째잭

나뭇잎 사이를 오가며 날아가지 않는 새에게

조심 조심 다가가기를 시도하다

멈칫

이유가 있을 거야

나무를 지키는 이유가

蛇足

오래된 벽에서 녹물 뚝뚝 흘릴지언정
제 하고 싶은 말 꾸욱 눌러 담는 저 뚝심은 무엇인가

칼자국 총알 자국 또박또박 기억하며

나이만큼 흉터 자국 키워내는
저 고목나무의 고집은 또 무엇인가

한 치도 되지 않은 혓바닥의 가벼움은
불나방의 날갯짓인지도 모른다

꼰대 소리 듣지 않으려
제 말을 삼키는 저것들
차라리
랩 장단에 맞춰 춤이나 추라지

4부

아프지 않으면 이상한 거야

비를 맞고 서 있으면

비와 함께 있으면 빗물이 눈물 되어 가슴으로 내려 묵직한 응어리를 시원하게 씻어 준다. 응어리는 씻어지며 부서져 빗물과 함께 대지를 적시어 누군가의 양분으로 촉촉하게 산화한다.

비를 맞다 보면 우주가 내 어깨를 두드리며 함께 울어 주고 수많은 빗방울이 가슴속에 동그란 미소를 지어 준다.

지난 계절 캉캉 메말랐던 땅에 내리는 빗방울은 나대지도 않고 얼룩 하나 남기지 않고 침묵으로 그저 지켜만 보듯 내 가슴에 내린 비도 어떠한 충동질도 하지 않았다.

비를 맞으며 걸었던 길은 새싹이 돋아나고 어지럽던 쓸데없는 생각들을 씻어내려 하루살이 날갯짓까지도 커다란 응원이다.

비를 맞고 나면 시원하게 뻥 뚫리는 가슴으로 세상을 느낄 수 있어 벌거벗은 진심을 들킬 염려 없이 모두 드러내서 시원하다.

눈물은 빗물이 되어 흘러내려도 짜지 않고 안경 벗어 닦지 않아도 들키지 않는다.

비 오는 날 비처럼 걷다 보면 나도 비가 되어 버린다.

배웅

이제는 보고 싶다는 것도
가고 싶다는 것도
있다는 것도
있을 거라는 것도 논하고 싶지 않다

너는 있었고
너는 반겼고
너는 마중할 줄 알았으며
너는 기다릴 줄 알았다

서로 탐색하는 시간
미소 짓는 시간
손을 잡고 눈물짓는 시간
진한 사랑을 나누었던 시간은 꿈이 아니었다

떠나는 것 잡지 않았으며
흔드는 손 외면하지 않았다

바람 한 점

구름 한 점

눈물 한 점 뚝 떼어내

가는 길벗 붙여 주었다

가뭄 꽃

더위는 고요히 내리는데

비닐하우스 같은 세상살이에

한 모금 갈증을 삭인다

비

깍쟁이처럼 굴 것도 없을진대

호수 끝에 매달린 한 개 물방울로 남아라

나 말라죽거든

너의 술잔에 한 점 먼지로 남겠으니

더욱 바짝 말려

바삭거리는 간식거리나 되거라

닮고 싶었어요

그대가 여름을 사랑한다기에
가을이라도 사랑해 볼까 생각하다
그냥 그대처럼 칠월을 좋아하기로 했어요

그대가 빗물을 사랑한다기에
저녁노을을 즐겨 볼까 하다가
비가 오는 날은 노을이 없을 수도 있어
그냥 먹구름을 한 번 더 올려 보았어요

기약 없이 빗속을 떠난 사람이
무지개 너머에서 기다리고 있을 것 같은 날

노란 우산이 좋아도
빗속을 걸을 때마다
초록우산을 선택했던 게
그대를 닮고 싶었던 거란 걸 알고는
그대 향한 내 마음
비 그친 저녁
서녘 하늘 붉은 노을에 실어 봅니다

각 얼음

투명하고 차갑다
생겨날 때부터 각진 게
날카롭다
스치기만 해도 촉각을 세운다

아무것도 익힐 줄 모르는
날 선 얼음으로 살기 위해서는
냉한 분위기를 유지해야 했다
주변의 온도마저 차갑게 식혀야 했다

살기 위해
오뉴월에도 서리가 내려야 하는 각얼음
누군가의 갈증을 풀어 주며 흐물흐물 사라질 운명이지만
얼음으로 존재하기 위해
각을 세워야 하는

얼음처럼 차갑지 못한 나
누군가의 갈증을 풀어 주기 위해
오늘도 꽉 조이는 스타킹 올리고

내가 아닌 단단한 얼음처럼

오뉴월에도 어제의 현장으로 간다

서리를 잔뜩 품고서

아프단다

심하지 않으면서 걱정스럽게 아프단다

수술이 치료 방법이라고 했다

한국에서 제일가는 병원 의료진을 찾아가는 아침이다

아파트 가로수 길이 깔끔했다

젖은 머리 미처 말리지도 못하고 서둘러 집을 나섰다

아침 인사로 '잘 다녀오십시오' 하고 정중하게 허리 숙여 절이거나 인사를 하는 아파트 경비 관리인들의 굽힘은 이제 식상하고 별 감흥이 없다

이 아파트에 이사 와서 며칠은 아침 출근 시간에 교통정리를 하며 공손하고 친절하게 인사를 건네는 이들 때문에 존재감에 힘이 생기곤 했었다

비싼 아파트 관리비가 존재감을 느낄 수 있게 한다는 게 사는 재미가 있었다

마치 대갓집 영감마님이 나들이하며 아랫것들이 마당에 도열하여 잘 다녀오시라고 배웅받는 것 같은 기분에 우쭐해지기도 했었다

아프단다

병원에 가야 하는 몸이 별것인들 무슨 소용이람

어두운 창에 불이 켜지면

에어컨의 소음은
그 공간을 찬 기류로 둔갑을 서두르는데
덥거나 춥거나 그 사이에서 적응하지 못하는
그녀의 벙거지는 움직일 줄 몰랐다

볼펜의 미끄러움이 빠르게 지면 위를 스치고 갈 때
연필은 그저 소싯적 받아쓰기용인 줄만 알았다
여덟 개 손가락이 스마트폰 등을 받치고
두 엄지가 스마트폰 위에서 춤을 추었다

전원을 켠
똑똑한 손전화기에선
너와 나의 이야기가 번지고
세상이 번지고 사랑이 번지고 삶이 번진다

그가 내게로 왔다

오늘 문득

몇 년 전 연락이 끊긴 그가 궁금해졌다

지나가는 세월에 알게 모르게 잊히는 퍼즐들이

그냥 사라지기도 하고

때론 사라질 듯하다가 궁금해 수소문하기도 했다

살아가며 잊히는 것들이 한둘일까 마는

잊혔다가 새삼 찾게 되는 심사는 또 무엇인가

오래된 기억 속 아득한 것이 어느 날 문득 다시 내게로 돌아오고

어떤 것들은 기억조차 감감하다가

방실거리며 내 안에서 살아 움직일 때

보이지 않는 세월이 되돌아온 것처럼 느낀다

아끼고 사랑했던 존재들

어느 날 소리 소문 없이 사라져 버렸다는 것조차도 모른 채 살아온 세월

어디 그게 사람만이 갖는 욕심이겠는가

잊힐 건 잊어버리더라도

되돌아 생각이 나거나

그냥 살며시 옆에 돌아와 준다는 것도 모두가 인연일 게다

오늘 문득

잊혔던 그의 소식이 SNS를 통해 내게로 왔다

비가 되었다

마른 계곡에 물보라가 일었다
우산살이 휘청거리게 비가 왔다
그해 여름 귀한 비가 내렸다

물이 많았다
마음에도 물이 많았고
내 눈에도 물이 많았다
물을 기다리던 살아 있는 것들
한껏 물을 받아 저장했다

물이 넘쳤다
넘친 물은 눈물이 되었다
소리 내지 않으려 음률을 삼켰고
넘치는 눈물은 숨겼다

소리 내어 내리는 비는
가까운 내 몸을 돌아
심장을 울리고
추억들을 적시어

눈물이 되어 흘러내렸다

비가 내렸다

현관문을 닫아걸고 비를 막아 보았다

비는 내 몸에서 내렸다

갈증으로 살아온 세월을 아는 듯

내리는 비를 막을 수가 없다

그저

내가 비가 될 수밖에

곪아야 터진다

문학기행으로 하회마을 갔다 오는 길에
누구는 양반댁 규수 되어
곱게 거니는 이야기를 쓰고 싶다고 했는데

나는 하회마을 지역 주민들의
개발 제한 규정에 지친
불편한 이야기로 글이 풀린다

그린벨트 지역에 살았던 나는
처마 하나 이어 놓은 것도
개발 증축 금지 사항이라며 철거당한 시절이 있었다

중요민속문화제 마을로 선정된 것을 자축했었는데
낯선 이방인들의 시도 때도 없는 방문과
민속 그대로 보존되어야 한다는 개발규제

그린벨트로 인한 혜택 입은 사람은 누구이고
사회적 규제로 인한 불편을 감수하는 이는 누군지
너도나도 관심 밖인데

당하는 사람은 안다

하회탈 웃음 뒤에

씁쓸한 표정들이 쌓여 곪았는지

하회탈 주름에 금 간 게 더러 보인다

자유

눈이 퍼붓지 않아도 나는 혼자일 수 있다

파도가 부서지지 않아도 갈매기는 노래할 수 있다

창문이 열리지 않아도 혼자서 먼 산을 그려낼 수 있다

혼자 있는 것 그것은 탈출구이다

어디든 생각하고 나아가고 그려질 수 있는 환상

침묵 속에 우글거리는 잡생각

춥고 음산한 좁은 방은 끼닛거리를 걱정하기엔 웃풍이 세다

고립

바다가 세지 않아도 항구는 문을 걸어 잠그고

바람이 불지 않아도 공항 활주로는 얼어붙었다

우연히 마주친 사람은 옛사람을 떠올리게 하고

배웅하지 않아도 스스로 사라져 버렸다

침묵 속에 눈물은 그렁그렁하더라도

손등 내미는 사람이 없다

천정은 텅 비어 있다

응원

물 비닐이 흘러 강이라 했듯
구름 비늘이 떠다녀서 하늘이라 했듯
여러 발을 데리고 다니는 공이라서 축구라 했나

강가에 버드나무 바람을 만들어 내
고독을 불사르는 해를 향해 날려 보지만
미련하게 미동도 할 줄 모르고
그저 구름이나 만지작거리고 있는데
90분이란 시간을 뛰고도 모자라
연장된 시간 30분
공은 마흔네 개 발을 조종하기 바쁘고

환희와 참담으로 비늘을 일으키는 강물처럼
홀로 하늘을 지키던 태양은 지쳐 스러지고
밤하늘에 반짝이는 눈망울들 엇갈림
할딱거리는 발들을 조종하는 공 하나

한 골.
두 골.
세 골.

기침 한 번 크게 해 봐

마당 한쪽에 쌓인 담배꽁초는 그의 가슴에 품은 폐에 흐름을 이야기하고, 폐 안에 구름 사탕은 견디다 못해 덩어리진 채 쿨럭거리며 나오게 하지만, 이미 진드기처럼 달라붙은 구름 사탕은 꺼내 봐야 먹으로도 쓰지 못할 암 덩어리일 뿐.

끙끙대고 있는 너를 보고
'꼬시다'라는 생각이 들기도 하지만

이제 아프지 말자는 속삭임에
뒤늦은 후회는
버석하게 타고 있는 입술이 대신하고 있어

물 한 잔 시원하게 마시고 싶다는
시간은 멀고
통증은 가깝다는

죽을 둥 살 둥
회복하려고 운동하고 있는
운동이라야

병동 복도를 걷는 것이지만 말이야

기침 한 번 크게 해 봐

나에게도 미소가 있다

점과 점들이 부대낄 때면

다빈치의 손을 잡고 싶다

수없는 망설임 끝에

루브르궁 한복판에서

세계인들의 눈길을 끄는

모나리자의 미소

이제는 내려놓아도 될

빙벽처럼 꽁꽁 얼었던 것이

빙하로 흘러내려

푸르고 상큼한 새싹과 꽃을 피울 일이다

절망과 좌절 속에서

비웃는 듯한 미소에

분노와 수치를 느낀다면

다빈치에게 악수를 청할 일이다

왈칵왈칵 쏟아지는 눈물을

화선지로 받아내어

번져가는 얼룩을

그림으로 그려갈 일이다

나는 나로 산다

조각가 미켈란젤로는
그림을 그리라는 청을 거절하지 못했다
눈높이 그림이 아닌
머리 위 천정에다 그림을 그리기 위해
목을 뒤로 꺾어 눈높이를 맞추었다
중력은 실종되지도 않고
바닥이 돌아눕지도 않아
목이 휘었다

아킬레우스는 죽어서 이름을 남겼다

빨간 통 사과를 한 개 받아
마른 휴지에 물을 붓고
돌려가며 닦은 후
크게 한입 베어 물었더니
과즙이 스읍스읍 푸지다

조각가에게 건네주려는데
활잡이가 먼저 손을 내민다

나를 빨아 버리고 싶다

이름 있는 것들은 이름으로 주절거리고
이름 내지 못하는 것들은 무명으로 제 알리는데
정작 이름 많은 것들이 이름을 나불거리며
이름들을 잡아먹는다.

뒤집어 보는 것
철이 바뀜에
옷장 깊숙이 넣어둔 계절 옷들을
밖으로 끄집어내 걸었다

벗어 놓은 양말을 뒤집어
세탁기 속에 넣으면서
내 나이도 뒤집어 세탁기 안에 넣으면
말끔하게 젊은 나이로 돌아왔으면 좋겠다는 생각에
흰 머리칼만 헤집으며 젊은 색으로 염색을 한다.

오래전에 바뀌거나 없어진 이름들이
돌비석으로 남아
침묵으로 묵언 정진 중이다

서투른 멋

팔은 걷어붙이고 먹은 갈았으나
진한 색이 우러나기는 멀다

오고 가는 사람들에게 인사를 하지만
눈을 마주치기에는 시선이 엇갈린다

붓을 찍어 화선지에 점을 찍지만
제멋대로 퍼져 나가는 번짐

한 표 달라고 믿어 달라는 부탁은
아무렇게나 날아가 버린다

척척 소리 나게 붓을 짜 보지만
정돈되지 못한 붓놀림

허리를 굽히고 절을 해 보지만
돌아오는 멋쩍음이 뒤통수가 간지럽다

획을 그었으나

서툴게 춤추는 거친 선

손 내밀어 악수를 청하고

잡은 손 힘주며 미소 건넨다

일탈

피는 몸 안에서 자는 듯 쉬는 듯 게으름을 피우다 코피를 위장한 채 탈출을 시도했다.

쏟아지는 뜨거운 피는 이내 어딘지도 모르면서 주룩주룩 몸 밖으로 흘러나왔고, 푸른 하늘과 검은 땅 사이에 퍼지는 거친 바람을 느끼는 순간 사정없이 말라비틀어지고 말았다.

허파에서 정제된 바람은 피의 신성성을 도왔을지라도 정화되지 않은 바람은 피의 신성을 뭉개 버렸고, 출혈은 휴지 조각으로 닦아내야 하는 분비물에 지나지 않았다.

정년퇴직한 노년의 한 남자가 취미활동으로 가입한 시 창작 밴드에서 눈팅으로 배운 작품을 쏟아내다 정모에 나갔던 날, 십 대 소년 소녀들 모임이란 걸 알게 되면서 확 달아오르는 피의 뜨거움은 일탈이라고 해야 하나! 주체할 수 없는 화끈거림을 손으로 하늘을 떠 얼굴에 문질러 보지만 정화되지 않은 하늘은 몸 안으로 들어가 피를 달랠 수 없었다.

개똥밭에 굴러도 이승이 좋듯

초가삼간이라도 내 집이 좋듯

피는 여전히 몸 안에서 자는 듯 쉬는 듯 게으름을 즐기고 있다.

비 오는 날엔 편지를 쓴다

비 오는 날
편지를 쓰면 느낌이 좋다
생각나는 그가 있어 좋다

너도 내 생각하니
이 편지 받으면 답장할 거지
하는 기다림이 있어 좋다

보고 싶은 그가
내 편지 안에 가득 들어
외롭다 쓸쓸하다 투정 나지 않아서 좋다

비 오는 날 편지를 쓰면
빗방울 속에 그가 나를 보고 있는 것 같아 더욱 좋다
빗줄기 굵어지면 그가 더 많이 나를 보고 있을 것 같아 더 좋다

편지 속에 만나자는 글은 쓰지 말자
보고 싶다는 글도 쓰지 말자
그저 나는 잘 있다

너도 잘 있지라고만 쓰자

글 속에

슬픔과 외로움 그리움이 숨어 있음을 그는 알 것이기에

비 오는 날은 편지를 쓴다

빗방울 같은 우표를 붙이고

천둥에 소식 전해 주길 바라며

번개처럼 그의 소식이 내게로 오게

비 오는 날엔 편지를 쓴다

빗소리 같은 글씨로

연필심 적시며 진하게 편지를 쓴다

비둘기는 알고 있니

동백꽃 내리는 잔디 마당
비둘기 한 마리 잔디를 헤집고 있어
흰 강아지 동백꽃 꿀 핥느라 바빴어
수선화 서너 송이 봄 햇살에 졸곤 했어

뾰족하게 날 선 잔디 보라색 미소에
비둘기 꾸벅 꾸벅
구국이라 속삭였어

산속에 피었던 산 매화 부음이 날라왔어
산 계곡을 휘돌아 바람이 불 때
복수초가 나직이 조등을 내어 걸었어

아랫마을 옛이야기는 연좌제 속으로 숨어 버렸어
돌에 새겨진 글도 땅속으로 숨어드는 걸
동네 어귀에 장승이 부릅뜬 눈으로 지켜보고 있었어

상강이 들어앉은 틈으로 인사하는 바윗돌 하나
잘 다듬어진 글자들이 살아 꿈틀거리는 그 곳에
비둘기가 구국거리면서 맴돌고 있어

땅속에서 들어 있던 비문들이
꿈틀대는 기록으로
비둘기를 부르고 있어 救國 救國

제 시간을 안다

새벽에

포유류는 잠에서 깨었다

맨발에 감기는 차가움으로 깨버린 꿈을 달래기엔 역부족이다

주린 창자의 꾸르륵거림이 요란하다

마른 나무토막 사이에 숨어서 하루를 시작하는 산목숨을 겨냥했다

마지막으로 갈겨대는 오줌 줄기는 따뜻했다

강파른 몸매를 드러내는 포유류는 작은 몸부림으로 허기를 채우지 못했다

우듬지에 앉았던 조류의 눈은 처음부터 보고 있다

날갯죽지에 묻은 찌꺼기들을 다듬어 쪼아 먹고

강물과 협곡 사이를 날아다녔다

빛들은 가루가 되어 산과 골 사이에 부서져 내려앉았다

검댕이로 존재하던 산등성이는 빛으로 꿈틀거렸다

비상 연락망에도 빛들이 스미어 번져 들었다

빛은 전파를 만들며 허공을 주름잡았다

인연이 된 우듬지는 거대한 산 그림자의 회초리가 되어 눈 덮인 산들을 호령하였다

여드름에서 빠져나간 고름은 바위틈 고드름으로
개울가에 흐르는 작은 소리는 도롱뇽의 알을 품었다

나무는 제시간을 안다
공간을 휘저으며 하늘을 부르는 우듬지는
제가 나아갈 방향을 바로 세울 줄 안다
날아가는 새들이 꼬드겨도
반짝이는 별들이 윙크를 보내도 제자리를 고집했다
나무는 뿌리로부터 전해지는 제 역할을 알고 있다
화려한 스카프를 두른 여인이 앙상한 가지를 꺾어 버리더라도
부서지는 고통을 감내하며
여인보다 더 오래 그 자리에서 제 역할을 다할 줄 안다
봄 여름 가을 겨울 반복되는 계절을 무상하게 걸러내며
내려놓은 제 기억을 낙엽이 낚아채도
손바닥을 비비지 않고 발길을 돌리지 않는다

의미 없는 구름이 우듬지에서 놀다 가더라도
그저 손사래 몇 번 저을 뿐이다
별자리가 흩어져 유성으로 내릴 때

행여 반짝이는 별이 나뭇가지에 내려주는 요행수를 꿈꾸기도 하겠지만
기울어짐 없이 그 자리에 우뚝 서 제시간을 견디어
수많은 별 놀이터가 되어 줄 수 있다는 걸 안다

5부

막걸리 고사

어머니의 창

창문을 두드리는 초저녁 빗소리에 어머니는 슬그머니 일어나 창가로 다가가 빗방울들을 마당 쪽으로 시선을 돌립니다. 비가 내리는 저녁에는 재잭거리던 새들도 어디로 가 버렸는지 마당에는 그저 빗소리만 가득합니다.

이렇게 비가 오면 나는 엊그제 꺾꽂이해 두었던 국화 화분에 물을 주지 않아도 되겠다 싶어 다행이라 생각하는데 어머니는 하염없이 비만 바라보고 계십니다.

나중에야 알았습니다. 외할머니가 돌아가신 날이 이렇게 비가 내리고 어머니는 비새처럼 울었다는 것을요.

늦은 봄날 비가 내리는 날이면 어머니 눈에도 비가 내리고 있다는 것을 알았습니다.

난민 캠프

시골장 길 걷다가

좌판에 널브러진

그물 망사에 갇힌 말벌 집 보다가

알들이 빼곡히 박힌 벌집 보다가

알에서 깨어 나와 고개 내미는 벌 새끼들 보다가

하얀 애벌레 품은 날갯짓 보다가

이리저리 불안스레 다니는 말벌 보다가

그물 속 벌집 떠나지 못하는 벌 보다가

뚝

발끝에 떨어지는 눈물방울

아우성 없는 아픔 번진다

막걸리 고사

일본 밀입국 노동자인 아버지가 보낸 돈으로 오빠가 화물차를 사서 집에 왔을 때, 어머니가 화물차를 맞이하는 의식은 차바퀴에 막걸리를 부어 비념을 하는 것이었다.

오빠는 계란 장사로 돈을 헤아릴 수 없을 만큼 벌어왔지만, 동네 당구장 당구대 구멍으로 돈을 쏟아 넣는다는 어머니의 한숨 소리가 꺼질 새가 없었다.

그런 어머니의 한숨 소리에 오빠는 막걸리를 마셨고, 그럴수록 매월 음력 초하룻날 치르는 어머니의 막걸리 의식은 더욱 조심스러웠다.

눈이 내립니다

산속에 폭설이 내리면 겨울잠을 못 자는 것들이 걱정됩니다. 먹거리 마실 거리 모두 덮어 버린 흰 눈 바라보기만 하기엔 가진 게 없는 친구들입니다. 6남매를 키우신 어머니는 흰 눈이 내린다고 깔깔대며 좋아하는 어린것들을 보며, 이 추위를 어떻게 견뎌내야 할지 걱정되어 잠이 오지 않았었다고 했습니다. 따뜻한 남쪽 나라로 이사 갈까 주저할 때 이웃 삼촌들이 정을 보태주어 눌러살았다고 했습니다. 오롯이 폭설이 내린 산속에서 오도 가도 못할 산 친구들 생각에 이 밤 꼬박 새우고 있습니다.

날꿈

주둥이가 벌겋게 해어진
수족관 물고기를 보다가
해초 하나 없는 각진 방에 갇혀
쏘는 듯한 눈빛으로
먼바다를 끌어들이겠다는 눈망울
힘 실은 꼬리의 파닥거림을 보다가

거제도 포로수용소
한국전쟁 통에 끌려온 수많은 꿈
포로로 끌려와 갇혔던 젊은이들
외교관이 되고 싶어 하셨다던
내 아버지 꿈도 앗아가 버린
수족관 같은 포로수용소

한 치 앞도 가늠하지 못할 미래를
포기하지 않은 빠삐용처럼
언제든지 먼바다로 돌아가겠다는 듯
날 꿈들이 보글보글 수족관 물 위로 올라온다

봄 흐르는 강

네가 보고 싶어 미쳐 버릴 것 같은 날
섬진강 강가에 앉아 너 이름을 불러 보았어
내 목소리 들리면 너의 대답이 나에게로 닿을 것 같아서
한참을 앉아 있었어

물안개 피어오르는 강가에서
너의 뒷모습을 떠올리곤
따뜻한 차 한잔 권하며 다가올 것 같았는데
봄 새소리만 제제거리더라

종알대는 내 이야기를 끝까지 들어주는 것처럼
강물 흐르는 소리가 대답처럼 들렸어

어딨니?

돌 의지 나무 의지

어머니에겐 기다림이 있다
당신의 마음을 기다림으로 달래셨다
아버지의 늦은 귀가를 기다렸고
큰아들의 방황하던 시절도 기다려 주셨고
IMF에 둘째 아들 사업 파산 소식도
묵묵히 기다림으로 감내하셨다
서러운 시집살이 작은딸 이야기도
그저 기다리다 보면 괜찮아질 것이라며
기다림을 배우라 하셨다
구순 중반을 살아오신 어머니
아침에는 낮을 기다리고
저녁이면 아침을 기다린다 하셨다
아버지 먼저 가시고
아침저녁 허전한 슬픔을
살다 보면 살아진다는
동네 어르신의 위안 한마디 의지하여
기다림으로 산다는 게
근 삼십 년 되었다는 어머니
어머니의 삶에는 기다림이 있고
나는 어머니의 기다림을 배운다

어촌에 눈이 오면

바닷가에 작은 마을
돌담 안
집 두 거리 사이
마당 가운데
평상을 두고 사는 어머니와 아들
잡아 온 고기 평상에서 자랑하면
돈 많이 샀다고 즐거워하는 모자지간
백수 다가오는 그 어머니
고희 가까운 아들에게
물 조심 차 조심하라 하신다

눈 쌓인 마당
새벽에 눈 쓸어내며
어머니 다니시는 길 단장하는 마음과
아들 다니는 길 염려하는 마음이
하루를 시작하고
보일러 연통에선 따뜻한 연기 피어오른다

눈물을 삼킬 줄 알았다

학원 공부를 마치는 시간은 밤 11시였다

대학입시에 낙방하여 재수생이 되었다
지방에서 서울 학원가로 이사를 하였고
어머니가 재수학원 바라지한다며 따라왔다

월세 오피스텔은 풀 옵션으로 몸만 가면 살 수 있는 시설이었다

새벽 5시에 일어나 먹히지 않은 칼칼한 조반을 뜨고
어머니 눈길을 온몸으로 반사하며 재수학원 길을 나섰다

늦은 밤 마중 나온 어머니는 애썼다 수고했다 다독다독 재수생을 위로하였다
오피스텔로 돌아오는 길에 즐비한 포장마차에서 새어 나오는 술꾼들의 수다를 부러운 소음으로 스쳐 내기도 잠시
밤참으로 허기진 마음을 달래고 자정을 넘긴 시간에 쓰러지듯 몸과 정신 내려놓기를 서너 시간

잠에서 깨어 몇 시간 전 내려놓았던 정신과 몸을 주섬주섬 챙겨 아리수 맑은 물로 정갈히 씻고 재수학원으로 드나들기를 꼬박 일 년

쏟아지는 눈물을 흰자위가 주워 삼켰고
앙다문 이빨은 닳아 내려 턱 높낮이가 달라져 있었다

즉결심판

아버지는 한밤중에 잠자는 온 식구를 깨게 하셨다

애써 농사지어 거둬들인 곡식을 먹는 것도 아깝지만
쥐가 방문을 썰며 잠을 방해하는 건 더 용서가 안 된다며
벽과 가을걷이 곡식 포대 사이
벽과 옷장 사이
벽과 가구 사이에 숨을 구멍을 찾아들어
꼭꼭 숨어 버린 쥐새끼
아버지는 그 밤에 어디서 구해 오셨는지
기다란 장대로 쥐 숨은 곳을 짐작하며 헤집으면
놀란 쥐는 아이들이 덮고 자는 이불 속으로 숨고
낯선 촉감에 놀란 아이들은 잠이 깨고
어머니는 빈 자루를 벌려 쥐가 자루 안으로 들어가기를 기다리고
한바탕 소동이 지나고 나서
꿈틀거리는 자루를 마당 돌담에 패대기치는 것으로 밤은 적막에 빠지고
자루 안의 쥐새끼 생사는 다음날 판결 났었다

바퀴벌레 한 마리

두릿 두릿 기어다니는 밤

빨간 파리채 들고

뛰어다니며 두드리는 소리

어릴 적 아버지 쥐 잡던 자루 속의 여유도 없이

즉석에서 태형이 내려진다

우동 사발

오래된 찬장에

켜켜이 5층으로 쌓인 우동 사발

이 모임 저 모임

큰일 뚝딱 해결하던 든든함이

오래된 기억으로 잊히다가

이제 떠날 자리를 찾아 당근 마켓으로 가는 너

오래된 집에

한 해 두 해 살아온 정

이 아이 저 아이

모두 제 갈 길 찾아 떠난 자리

그 빈자리에 채워 놓을 것을 찾다가

나도 떠날 날이 머지않았는지

수백수천 번 여닫았을 현관문이 헐겁다

그렇게 간다

우지끈

와장창

우당탕

플라스틱 물바가지 내동댕이쳐 깨지고

알루미늄 노랑 냄비 찌그러지고

빈 깡통들이 날았다

연락도 없이 찾아든 노망은 한바탕 놀아났다

우지직 우지끈

노망이가 누웠던 자리 빈 독 파편 날아들었다

후드득 붉은 팥 알갱이들이 사방에 흩어졌다

동구 밖

상여 메는 소리 아득하고

보일 듯 말 듯

만장이 펄럭이더니 하얀 손 흔들듯 사라졌다

어려운 시절 살았지요

당시 일본 밀항으로 돈 벌러 간 아버지 명으로 친척 집에 취직한다는 게 암달러상이었어요. 달러 장사 심부름 한 달 하고 고향으로 돌아와 공부하는 게 살길이라며 어머니를 조르던 시절이 있었지요.

대학 진학한 친구들 리포트 구상할 때 나는 부산 광복동 도깨비 시장에서 달러와 엔화를 몸속에 숨기고 외환 장사를 배우고 있는 내가 한심해 눈물깨나 흘렸었지요.

부산일보에서 호외요 하면서 날아다니는 신문 반 쪼가리 기사에는 북한 공작원들이 광주에 잠입했다나 어쨌다나.

그러나

사람들의 입에서 수군거리는 내용은 광주와 그 인근에 군인들이 총 쏘아 많은 사람이 죽었다는 음산한 내용이 돌고 있었다는 옛이야기.

함성이 들리던 날
산은 으르렁거렸고
하늘은 검은 옷을 입기 시작했었지요.

노부부의 한여름 연정

여름날 마루에서 저녁을 맛나게 먹고 휴식을 취하고 있는 부부 사이를 모기 한 마리 날아다녔다. 한창 독이 오른 모기의 앵앵거림이 거슬린 노부부의 대화를 들어 보면 보호자는 해충으로부터 가족을 지켜야 할 임무가 있다 하고, 집주인이 모기퇴치를 위하여 주거환경을 철저히 관리해야 할 의무가 있다 하고, 무료로 집을 이용하는 대가로 모기퇴치는 알아서 선행해야 한다 하고, 집주인이 집 관리를 제대로 하지 않으면 언제라도 떠날 준비가 되어 있다며 티격태격하는데, 이런 풍경을 옆에서 바라보던 강아지가 날아다니는 모기를 주둥이로 날름 잡아 버렸다.

아이고, 예쁜 것 하는 주인 품으로 안기려 하는데 어느 품이 우선인지 눈치 보는 강아지의 머뭇거림에 조용하던 바람이 시원하게 함박웃음을 터트렸다.

어머니의 눈물

나에겐 소아마비를 안고 사는 언니가 있다

어느 날 저녁에 언니와 싸웠는데 아무도 내 편을 들어주지 않았다

서러움이 복받쳐서 중학교 교복을 입은 채 집을 나와 버렸다

날은 어두웠고 아무 생각 없이 신작로를 걸었다
트럭이 지나가다 어디 가냐며 시내까지 태워 주겠다고 했다
내가 이 트럭을 타고 어디로 갈까 생각하다
순간 무서움 확 끼치며 가까운 친척 집에 간다고 했다
이웃 마을에 살고 계신 고모할머니 집에 갔더니
할머니는 반가이 맞아 주셨다
언니하고 싸워서 온 걸 어떻게 아셨는지 잘 왔다며 자고 가라 했다
다음날 할머니 배웅 받으며 버스를 타고 집에 돌아와 보니
어머니는 마당 한구석에서 울고 계셨고
주변에 사람들은 피로에 찌든 얼굴로 나를 반겼다

어제저녁에 가출한 나를 찾아 온동네가 밤잠을 설쳤다고 이웃 삼촌이 말해 주셨다

그 후로는 언니와 싸워 맞아도 그냥 견뎠다

물 허벅

누런 바람 진하게 불던 날
노송나무 출렁거리고
둥근 해 저물어 갈 즈음
비로소 형광등 파드득거리며
썰렁한 부엌에 인기척 든다

급하게 아침을 버리고 나간 흔적들이
물 마른 자국으로 그려지고
절인 배추처럼 축 처진 식구들의 생기를 충전하려
난도질당하는 도마 위의 식재료

빨강 노랑 파랑 초록 보라
화려한 무지갯빛 색상들 모여들 때
물방울은 밥주걱 존재를 기억하고
의무감으로 뛰어드는 참기름의 눈물 고인 애증
외면하지 못하는 젓가락 응원을 마주하며
흠뻑 두들겨 맞은 도마는
눈물 훔치다 지쳐 졸고 있다

대대로 물려온 물 허벅

박물관의 유물로 입주를 앞두고

존재의 가치 싸리나무 울타리에 얽매여

얼굴 없는 샘물을 찾고 있다

푸짐함도 달라진다

나 어렸을 때 명절 전날

서울 대구 부산 전주에서 살던 언니 오빠들이 돌아와 잔칫집처럼 북적대면서 푸짐한 웃음소리 울담 넘어가면 달님이 방실방실 웃으며 울담 안으로 기웃거렸어

결혼 후 시집에서 맞은 명절 전날 찾아든 낯선 손님치레 하느라 허리 펼 새 없이 손 마를 시간이 없다. 퉁퉁 부은 손가락 사이로 미소 띤 달님, 수고했다 다독거리며 조용히 놀다 갔어

두둥실 보름달 뜬다는 달맞이 고개, 어린 딸 목말 태우며 기념사진 찍기도 했었는데, 딸아이 결혼하여 출가 후 추석 명절은 가벼우며 얇았고 한갓졌는데

차례상에 차려진 산해진미

조상님들 수저 한 번 뜨지 않고 내려졌고

찾아오는 사람 없이 넘쳐난 건 푸짐한 명절 음식뿐

수당 받는 모녀

문자로 전송되는
'농민수당 40만 원 입금되었습니다.'

처음으로 받아 보는 농민수당
농민의 역할은 제대로 했는가
나라에서 농민수당을 챙겨 주는
예와 지금 시절이 궁금하지만
어떻게 쓸까? 무엇을 살까!
아흔여섯 해를 사시는 어머니 뵈러 가면서
오리고기 닭튀김 기름떡 빙떡 딸기 참외 키위를 샀다
그래도 여유가 있어 보여
어머니와 한 마당 쓰시는 오라버니 간식거리도 챙겼다

뭘 이렇게 많이 가지고 왔냐는 어머니 입담에
농민수당으로 샀다고 자랑했다
어머니 함박웃음 웃으시며
너는 농민수당
나는 해녀수당
침대 아래 묻어 둔 지갑 툭툭 치신다

사람이기 때문입니다

오래된 창호지를 떼어내면서

바짝 마른 종이에 물을 먹였습니다

여러 해 뻣뻣한 창문 종이로

계절을 탓하지 않고 긴장한 채 버티었을 창호지

물을 흠뻑 먹는 동안 그간에 직립이 허물어지며

물과의 접촉을 데면데면 받아들입니다

한 해 정리를 하다

예산과 결산이 다르다는 걸 보았습니다

그 이유는

기계가 아닌 사람이 하는 일이라 생각했습니다

일주일 전 오늘의 일기예보에는 맑음인데

실제 비가 오는 것처럼 말입니다

하느님도 감정이 있어

계획을 허물어 버리고 싶을 거라 생각했습니다

계산적이거나 계획적이지 않아도

살아지더라는 어머니 말씀처럼

살다 보면 살아지는 건 기계가 아닌 사람이기 때문입니다

창문 창살에 새 종이를 붙입니다

어떤 시간을 어떻게 지켜낼지 모르는

순백의 창호지

다시 빳빳하고 깐깐한 문지기 역할을 다짐하며 새날을 맞이합니다

시적 표현의 빚, 그 시간의 나이테 - 김순란의 시 세계

1.

시인들은 여러 가지 경험을 쌓아 놓을 때가 있다. 그 경험은 욕망으로 전환하고 변이하는 과정에서 시인은 오히려 소외되기도 한다. 이러한 '소외'는 시인에게 '써야 한다'는 빚으로 쌓여 '시간의 나이테'에 새겨지고 시어(詩語)를 빌어 승화하기도 한다.

필자는 '나무의 나이테'를 레코드판으로 상상할 때가 많다. 나무의 단면인 나이테로 만든 LP판을 턴테이블에 올려놓고 돌리면 분명 바람 소리와 나뭇가지 꺾이는 소리와 비명 소리가 들릴 것이다. 그리고 그늘에 앉아 살아가는 이야기들을 들은 그대로 나무는 담아 놓을 것이었다. 나이테에는 아픔과 상처도 많이 기록되어 있다. 그 아픔과 상처는 깨끗하게 치료되지 못하고 남아 있으면서 덧씌워질 뿐이었다. 우리 사람들에게도 '시간의 나이테'가 있는데, 나무 나이테와 비슷하다.

김순란 시인은 '시간의 나이테'에 점묘화법 같은 인상들을 가득 심어 놓고 키우고 있었다. 서로 연관 짓기 어려운, 그러나 연관되는 의미망, 관계망을 엮어 아주 소박하게 다듬어내고 있었다.

2.

시인에게는 욕망의 발생과 해소가 경험될 때 관련된 대상들을 회복시키려는 시적 환상이 나타나기도 한다. 김 시인은 이 환상에 의해서 살아온 경험을 환상적으로 되살려내고 있었다.

시인의 욕망은 끝없는 승화의 과정을 통해 분화되고 전치되면서 '시간의 나이테'에 곱게 곱게 새겨지고 있었다.

어딘지 모른 채 날아다니기를
바람 이는 쪽으로 휘몰긴 하는데
가고 싶은 곳 생소한 곳
체중으로 뿜어내는 열기에 사르르 녹아내리는
먼저 자리 잡은 선배의 다독거림이 큰 힘이 되는
스스로 맨땅에 곤두박질치기도 하는
얼마나 많은 쓰라린 추억을 다져야 하는지도
부드러운 속살을 녹여내고
카랑카랑한 칼날을 세워야 하는지도
정확히 무엇 때문에 구역질이 나는 것인지도 모른 채
입맛이 당기지 않는다는 이유로 시들어 가는
무언가를 삼켜야 하는데도
담백하거나 상큼한 것들을 애써 구해다 밥상 위에 올려놓고
손이 가기를 조바심으로 지켜보지만

이유 모를 곳에서부터 울컥 올라오는 토기는

그저 삼키고 나서 게우는 것이 나을지도 모른다며

애써 한두 수저 어렵게 삼켜보려는 목젖의

쓰라린 노력

어떤 사람을 기다리는 게

입덧 같은 과정을 거쳐야 한다지만

이겨내기엔 너무 어렵다

-「섬」 전문

"가고 싶은 곳 생소한 곳"에 이르면 "사르르 녹아내리"기도 했다는 김 시인. 시인은 그렇게 녹아내릴 수 있기까지 '쓰라린 추억을 얼마나 많이 다져야' "담백하거나 상큼"해지는지 알고 있었다. 그동안 "카랑카랑한 칼날을 세"우고 "어딘지 모른 채 날아다니"며 "스스로 맨땅에 곤두박질치기도" 했다.

"송홧가루 하늘을 가"리던 날 "퉁퉁 불은 젖몸살을 달래려다/눈치없이 쏟아지는 눈물만 훔"치기도 했다. 시인은 "송홧가루 날리면/빨래 삶기를 반복하는 습관"이 생기고 "동백꽃 지면/소나무를 물끄러미 바라보는 습관"(「봄 몸살」)도 있었다.

태풍 오기 전날

쌈 크게 싸 먹는 버릇 있다

큰 쌈 한입 가득 넣으며

태풍 큰 입 흉내 내는 버릇 있다

여름 텃밭

큰바람 불기 전 잎 솎아내곤

텃밭에 남겨 놓은 어린 상추

지나갈 태풍에

찢어지고 생채기 남을 텃밭 식구들

무사 안녕 비념하는 버릇 있다.

태풍 오기 전날

상추쌈에 매운 고추

짜디짠 자리젓 고명으로 얹어 놓으며

내일모레 지나갈 태풍

올해 가뭄과 더위 몽땅 쌈 싸 먹어 주길 바라는 버릇 있다

태풍 지난 후 찾아올

맑고 푸른 하늘 기다리는

오래된 버릇 있다

-「오래된 버릇」 전문

시인은 "내일모레 지나갈 태풍"에 "주린 창자의 꾸르륵거림이 요란"(「제 시간을 안다」)해지면 "무사 안녕 비념"하며 "짜디짠 자리젓 고명

으로 얹어" "쌈 크게 싸 먹는 버릇"이 있었다.

"구역질이 나는 것"들을 "조바심으로 지켜보"면서 "이유 모를 곳에서부터 울컥 올라오는"(「섬」) '입덧'을 하면서 "깨 버린 꿈을 달래"(「제 시간을 안다」)야 할 때, "맑고 푸른 하늘 기다리는/오래된 버릇"이었다.

김 시인의 시적 맥락은 그 '표현의 빚'과 연관되어 환유적 경로를 거쳐 '시간의 나이테'에 새겨지고 있었다. 그것은 시인의 '습관'과 '버릇'으로 그려지고 있었다.

3.

시인에게는 '표현의 빚'이 계속 늘어나기도 했다. 항상 욕구를 넘어서 있는 그 담론은 분열되기도 하고 동일시되기도 했다.

시인은 점점 강박증을 앓고 얼룩진 시간의 나이테와 나이테 그 사이에 서 있었다.

> 나무는 제 시간을 안다
>
> 공간을 휘저으며 하늘을 부르는 우듬지는
>
> 제가 나아갈 방향을 바로 세울 줄 안다
>
> 날아가는 새들이 꼬드겨도
>
> 반짝이는 별들이 윙크를 보내도 제자리를 고집했다

나무는 뿌리로부터 전해지는 제 역할을 알고 있다

화려한 스카프를 두른 여인이 앙상한 가지를 꺾어 버리더라도

부서지는 고통을 감내하며

여인보다 더 오래 그 자리에서 제 역할을 다할 줄 안다

봄 여름 가을 겨울 반복되는 계절을 무상하게 걸러내며

내려놓은 제 기억을 낙엽이 낚아채도

손바닥을 비비지 않고 발길을 돌리지 않는다

의미 없는 구름이 우듬지에서 놀다 가더라도

그저 손사래 몇 번 저을 뿐이다

별자리가 흩어져 유성으로 내릴 때

행여 반짝이는 별이 나뭇가지에 내려주는 요행수를 꿈꾸기도 하겠지만

기울어짐 없이 그 자리에 우뚝 서 제시간을 견디어

수많은 별 놀이터가 되어 줄 수 있다는 걸 안다

-「제 시간을 안다」 부분

"나무는 제 시간을" 알고 있었다. "제가 나아갈 방향을 바로 세울 줄"도, "뿌리로부터 전해지는 제 역할"도 알고 있었다. 김 시인도 나무처럼 자신을 알 나이가 되었다.

시인은 "갈증으로 살아온 세월" 한가운데에서 "소리 내지 않으려 음률을 삼"키며 "심장을 울리고/추억들을 적시"기도 했다. "그해 여

름 귀한 비가"(「비가 되었다」) 내리던 날 "우듬지에 앉"아 "강물과 협곡 사이를 날아다"니면 "산등성이는 빛으로 꿈틀"거리고 "빛들이 스미어 번져 들"었다.

"눈물샘 메말라"(「공중에 있습니다」)갈 무렵 "기침 한 번 크게 해"(「기침 한 번 크게 해 봐」) 보고 싶을 때마다 시인에게 '빚'이 쌓였다. 시적 표현의 빚은 "옷장 깊숙이 넣어 둔 계절 옷들을/밖으로 끄집어내"(「나를 빨아버리고 싶다」)는 것이기도 했다.

역마살이 있었습니다
열한 번째 공중에 매달릴 때는
그래도 신났습니다

스물한 번째는 싫증이 나더니
쉰아홉 번째 공중에 매달려 있다는 건
너무 잦다 생각 들었습니다

그래서 공중에 둥지 틀었습니다
쌀쌀한 기운 돌면 문 닫고
어둡다 싶으면 전등불 켜 두었습니다
그러다
그러다
눈물샘 메말라가고

책장에 까만 글 보는 게 힘들었습니다

오고 가는 사람들 힐끗 쳐다보다 말지만
나는 그들 사라질 때까지
지켜보고 있었습니다

몇 년 전 먼지가
나를 에워싸기 시작하였는데,
코로나19가 창문 내리고
가게 문 닫아 버렸다가
요즘 들어 가끔
파란 하늘 보이기 시작합니다

그들은 떠들썩하게 왔다가
그냥 안녕이란 말도 없이
자기들끼리 낄낄거리며 떠나갑니다

이제
예순세 번째
공중에 매달리기 하고 있습니다.
지겹다 생각도 들 만한데 늘 새롭습니다

언니는

예순다섯 번째 공중 날기 하더니

눈 아래 별들이 반짝인다 하였습니다

나는 언니 등 쓸고

언니는 내 마음 토닥였습니다

-「공중에 있습니다」 전문

시인에게는 "역마살이 있었"다. "열한 번째 공중에 매달릴 때"는 신이 났다. 그러나 "쉰아홉 번째 공중에 매달려 있"을 때와 "예순세 번째/공중에 매달"려 있는 지금은 달랐다.

시인은 "공중에 둥지 틀"어 놓고 사람들을 불러 모았다. 그 둥지에 많은 사람들이 "떠들썩하게 왔다가/그냥 안녕이란 말도 없이/자기들끼리 낄낄거리며 떠나"버렸다. 연극이 끝난 뒤 불빛이 꺼지고 박수소리 여운도 사라지고, 텅 빈 어두운 무대에 혼자 남아 있는 그런 쓸쓸함 같은 시간이 '시인의 나이테'였다. 그 나이테에는 빈 둥지 증후군 같은 허전함도, 공중에 매달렸던 시간도 함께 담겨있었다.

"저 푸른 해원(海原)을 향하여 흔드는/영원한 노스탤쟈의 손수건"(유치환 「깃발」) 같은 '공중'에 매달린 "소리 없는 아우성"이 김 시인에게도 있었다. "슬프고도 애달픈 마음"이 시인의 '나이테' 곳곳에 새겨져 있었다.

4.

김순란 시인의 '나이테'에는 '눈물, 빗물, 슬픔, 세월, 존재, 우듬지' 같은 명사가 많이 등장하고 '내리다, 흘리다, 적시다, 삼키다' 같은 서술어가 '눈물깨나 흘렸'던 아픔들을 엮어내고 있었다.

"진한 사랑을 나누었던 시간"을 "이제는 보고 싶다는 것도/가고 싶다는 것도/있다는 것도/있을 거라는 것도" "기다릴 줄 알"(「배웅」)고 '마중'할 줄 알게 되었다. "깨 버린 꿈을 달래기엔 역부족"임을 깨닫고 "그 자리에서 제 역할을 다할 줄"(「제 시간을 안다」) 알게 되었다.

"민낯으로 출렁거리는 바다 위로" "잊어버렸던 기억을 데리고"(「바다가 코를 곤다」) 와 "촛불 하나 손에 쥐"(「물 한 동이」)고 '편지'를 쓰는 시인.

시인에게는 '외롭고 쓸쓸할' 때 "생각나는 그가 있"고 '기다림'이 있었다. "빗방울 속에 그가 나를 보고 있는 것 같아"지면 "빗방울 같은 우표를 붙이고" '번개처럼 소식이'(「비 오는 날엔 편지를 쓴다」) 전해지듯 시적으로 승화되고 있었다.

김순란 시인은 삶의 역정을 '시간의 나이테'에 아주 소박하게 엮어내고 있었다.

양영길/문학박사

비 오는 날엔
편지를 쓴다

초판 1쇄 발행 2024년 10월 11일

지은이 김순란
펴낸이 이기봉
편집 좋은땅 편집팀
펴낸곳 도서출판 좋은땅
주소 서울특별시 마포구 양화로12길 26 지월드빌딩 (서교동 395-7)
전화 02)374-8616~7
팩스 02)374-8614
이메일 gworldbook@naver.com
홈페이지 www.g-world.co.kr

ISBN 979-11-388-3600-5 (03810)

- 가격은 뒤표지에 있습니다.

- 파본은 구입하신 서점에서 교환해 드립니다.
- 이 시집은 제주문화예술재단의 보조금을 일부 받아 제작되었습니다.